伊豆の街道

ChotAro
KaWaSaki

JN097332

川崎長太郎

P+D
BOOKS
小学館

目次

伊豆の街道

花枝は、十一月から、暮へかけて一篇ずつ三回、竹七の小屋へ、夫の作品を持ちこんでいた。彼女は、二十五歳、七つとし上の夫は勤人で、四歳に二歳の二児があり、小田原と長い橋を挟んで隣り合う部落に、六畳三畳二間きりの小さな家を借り、四年ごし住みついていた。始めの二篇に、竹七は、文章がしっかりしている点、ほめてみせた。きいて、花枝も、主人にそうと報告したら、喜ぶだろうと、顔を幾分気色ばませたが、夫の作品に対する彼女の意見は、いやに突っぱなしたようなもの謂《いい》で、暗ッぽくって、あまり好かないと云うようであった。竹七の小説も、花枝は読んでいたが、面と向い、好悪をそれとあけすけ、述べかねるような面持ちであった。

三度目の、作品みたか、と彼女が竹七の小屋を尋ねたのは、暮も大分押し詰った、夜の八時頃である。あかりといえば、太目のローソク、火鉢も火の気もない小屋の中の寒さに、竹七は丁度寝仕度にかかるところであった。オーバーをひっかけたなり、ビール箱の机を隅の方へ片寄せ、座布団などその下へ押し込み、一畳一寸のところへ、床を敷くべく、押し入れから、敷布団、毛布、亡父母が用いたよれよれの羽根布団、そんなものをひっぱり出していた。花枝の声で、そのままに捨て置き、ローソクの火を消し、暗い階段を降りて、外へ出て行った。花枝は、小屋の窓下に、ぽつんと立っていた。竹七は、粗末な簀《す》の子の屋根を、舗道にのせる近くの商店街へ行き、一軒の甘いもの屋へとひっぱり込み、差し向いに並んで、しるこを喰べた。三度目の作品を、彼はまだ読んでいず、その由云うと、花枝はさのみ不足でもなかったが、子供が気になるらしく、帰りを急ぐようであった。小田原駅前から出る、バスに乗るつもりの彼女を、そこまで送るべく、竹七も一緒に歩き出していた。トリコットのマフラーをし、オーバーの襟を立て、猪首を余計紛むさく縮めるようにして行く小男の竹七より、又ひと廻り小さい花枝であった。煉瓦色したトッパー、紺のズボンに、赤皮のかかとの低い靴穿いた、一寸お寒いような彼女の身ごしらえであった。肩をくっつけたり、はなしたりして、商店街の片側を急ぐ裡《うち》、竹七は奥歯の上下がすっかり抜け落ち、その為め空気の洩れる、ぼそぼそした聞きとりにくい口つきで、いつか正月が翌々日と迫っても、餅を搗きも、買ってきもしない自分の暮し、元旦の雑煮などここ十何年喰ったためしがない等々、世間の風習の外にいる身の有様を、日頃の彼らしくもなく愚痴り、こぼして、知らず、一緒に歩いている、親と子程とし下の女の袖をひくようであった。きき手も、段々うつむきがちになり、鼻孔詰らせ、涙をすすり込むような模様となり、「元日、うちへ、いらっしゃって——」などと、云いだしたりした。その好意を謝したが、作品はみても、当の人物には、一度も接したことのない勤人の家族にはさまり、雑煮をよばれるなど、竹七には思いも寄らない仕儀であった。元日は、例年どおり、たべものや蜜柑を腰にぶら下げ、伊豆の海岸でも歩いてくるつもりだ、と問わず語りつけ足し、電車通りへ出る街角にきたところで、竹七は脚を止め、別れの言葉をかけた。花枝は、短かく斬った髪を、片方の手で撫でつけながら、なまめいたような眼色で「左様なら」した。

正月の五日の晩、二人は逢っていた、三日の夜も、小屋を見舞ったが、竹七は留守で、いたら誘って、酒を飲むつもりだった、と花枝がほのめかせた口裏に、彼は小さな喫茶店へつれて行き、日本酒のつがれたコップ二つ、前に置いた。近くに、ストーヴがあり、酒のまわりは殊《こと》の外《ほか》、早いようで、半分も飲まない裡、しらふの時でも日焼けして赤い、竹七の顔は燃えるようになってしまい、薄く化粧した花枝の、円い頰も可成染まり加減であった。二人の口も調子づき、竹七は元日、西風のはげしい伊豆の海岸を、頭からしぶき浴び浴び歩いたり、バスへ乗って岬の鼻まで行き、海を挟んで富士を眺めたり、帰り路トンネルのある峠を越えて、ある温泉場へ辿りつき、入浴を乞うたが、旅館の番頭にふうていを怪しまれ、間もなく日が暮れて、山々が赤々と眼に沁みた等々語り続け、はずみに乗って「あんた、ひと晩泊りで、どこかへ旅行しないか」と、花枝に云い出していた。言下に、相手も乗り気な返事をしてみせた。気をよくし「あんたと友達になろう。――友達に。いいだろう。」と竹七が畳みかけるのを「ええ。うれしいわ。先生、ゲンマンよ。ゲンマン。」と、他愛なく、肉づきのいい、白い小指を、おっ立てたりして、自分も旅行は大好きだが、何分貧乏世帯で、二人の子持ち故、思うにまかせぬとかいったりした。コップの酒が、なくなるまでには、花枝から、映画の話も出た。彼女は、不思議に、某々等、老役ばかりやる俳優を好むかのような口振りであった。竹七が、二杯目を註文しかけると、「主人が――」と口ごもり、彼女はぽっちゃりした、円顔の筋肉をこわばらせ、制した。では、と、竹七がココアを云ったら、今度は頷いた。

マフラーなしの、着るものも、穿くものも、前々と同じで、赤い手袋した花枝を、又バスの出発所まで送るべく、竹七は歩き出していた。一杯の酒の酔いに、花枝は何かと弾みのついたようなもの腰であった。「先生と一緒だと、わたくし、愉しい。」と小さな声で云ってみせたり、又「主人があっても、先生を好きになってはいけない、という理由はないでしょう。」と、さっき切上げどきを気にした寸法とは裏腹の、きわどいことを口にしたりした。「不届きと云うわけもなかろうが、判断の仕様だね。」と、竹七の方が、たじたじと面喰い加減である。「よそのひとと、交際したらいけないなんて云う法はない。」と、花枝は飽くまで強気な口上であった。

小田原駅の、大時計がみえるところへ来て、バスが出るまでに、十五分間あった。では、わたくしが、そこまで送ると、花枝は云い、二人は多少もつれる足許で、電車通りを引き返していた。いつもの、癇性らしい金属性な声帯を、いっ層はじけるようにしてみせながら「わたくしアドルムを呑んで自殺しようとしたことがありますの。――三日目に生き返ったの。」「ふーん。動機は？」「失恋。」「ふーん。で、主人はあんたが、そんなことをした女と承知の上で一緒になったのではないだろうね。」「いいえ。そばで、ずっとみていたんです。主人と、わたくしは、親同志がきめたいいなずけで、子供の時から知り合っていたし、わたくしが、そんなまねしたわけも、十分知り抜いていました。」「ふーん。それを承知で、いくら親同志きめた仲と云ったって、よくも一緒になれたものだ。——俺なんかには解らないな。」「わたくしも、だらしない女なの。」と、短かい頸根を、へし折る如くうつ向き、花枝も息を飲むふうであった。尋常一様な、夫婦ではなかった、とそうみてとり、竹七の女の横顔に喰入る眼が、きゅっと痛むようであり、又、まぎらわしい、ケダものじみた光をつけるようでもあった。ふっと、二人の口数が少くなって行った。電車通りから、横へそれて、少しした十字路へき「さっき云った通り。二十六日ね。都合して呉れ給え。」「今月でしたっけ。」「そうだ。今月の二十六日。きっと都合して呉れ給え。」「ええ。」と、合点して、花枝は赤い手袋した手で、竹七の年寄りらしく骨っぽい、体に似ない大きな手を、軽く握り、一時に酔いの醒めたような足どりで、遠ざかって行った。「主人に、今度の小説は面白かった、と云って呉れ給え。」と、とってつけたような文句が、彼女をうしろから追いかけていた。

十五日ばかりたち、約束の二十六日が、あと六日に近づいたが、竹七は花枝と逢っていなかった。あの時は、酔っていた上に、もののはずみで、自分と泊りがけの旅に出ようなどと、簡単にのってしまったものの、家に帰り、夫の顔をみたり、二人の子供をかかえたり、何やかやしている裡、女の考えが変った、そうあるべきだ、と、竹七は見当つけていた。又、夫として、いわば前科を犯したことのある女を妻にしている人にしろ、日帰りの旅なら兎も角、二日がかりの温泉行に、おめおめ出してやれるわけはなし、竹七の小説も読んでいるほどの男なら、いよいよ相手が悪いと、敬遠するところだ、と思ったりした。彼の作品に丸出しな通り、知命を過ぎて、なおかたづかない生理的なものの始末に、小屋暮しの竹七は、屢々《しばしば》町端れの淫売窟に赴いており、そこでは満たされないものの影を追うように、未婚の若い女をみれば、矢鱈犬みたい尻ッ尾振り振り、そのあとをつけ廻すような癖もある人間であった。そんな色乞食然とした、五十男と、妻をひと晩どまりの旅行に出せる夫などは、余程どうかしている人種であり、或いは、妻に隠してか、公然とか、別に好きな女と出来ていて、世間ていや何かを計算に入れ、目下形だけの夫婦を装っている、相当腹黒い輩に相違なかった。

約束が、ホゴになるのは、正直、竹七にも掌中の玉を逸するの感、なきにしもあらずであったが、先方は仮にも人妻、いっそ指を啣《くわ》えて、引下るにしくはない、と諦めかけてもいた。一緒に出かけた先で、ひと昔前なら、法律的な罪を犯しかねない、すじ合のものであり、法律如何は別としても、まだ逢ったことのない夫たる人や、その二児に、顔向けならないような工合になってしまっては立瀬がない、と旁々《かたがた》、小心で封建的の律義なところもある竹七は、自分から持ちかけたけいかくを、今になっては、はしたない、軽はずみだったと悔いもした。温泉行の沙汰止みを、ひとり寝の床の中で、体を硬くしながら、祈ったりした。

二十六日に、三日前の晩、竹七は小屋の窓から「先生」と呼ぶ花枝の声をきいた。オーバーを着たなり、ビール箱の机に向っていた彼は、ペンをほうり出し、ローソクの火を消して、小屋から出て行った。前、コップについだ、日本酒のんだことのある喫茶店へ、二人は這入って行った。あれから、三度足を運んで、やっと花枝は竹七をつかまえた勘定で、夫である勤人も、その間一度小屋を尋ねていたが、竹七が寝てしまっている気はいを察しとり、無駄脚のまま引返して行った。

小さな、ストーヴの傍で、竹七は花枝へ、酒？　と云ったが、彼女は頸を振り、二人はココアを飲むことになった。前例のない位、花枝はゆっくり御輿を降ろし、竹七がバスの時間を気にしてみせると「十一時まである。」云々と、うそぶいたりしていた。最初、二日間も家をあけられては、と難色を示した夫の前で、ご飲たべられるようになっている二児の世話は、夫の姪で、子供好きの娘にきて貰って頼めばいい、と花枝が主張したところで、相手も折れ、彼女の申出を許した。東京の、さるレストランに働いている姪へ手紙すると、早速承知の返事もきて、その方の心配は先ずなくなったが、子持ちの女が、子を置いて、二日も留守にして行く、隣り近所への口実にひと苦労で、それもなんとかなるだろうと花枝は云い、竹七が主人に逢い、了解を求めることはいらないかと糺《ただ》すのに、それはと彼女は顔を顰《しか》め、受けつけなかった。ココアのお代りして、喫茶店を出、その脚で、パチンコ屋へ行こうと、花枝は促したりしたが、遊戯の嫌いな竹七は、尻ごみし、風邪をひいては、と却って彼女を駅の方へ追いやるふうであった。駅前にき、同じ場所で、翌々日の九時に落ち合うことにきめ、二人は別れた。

翌日、彼は淫売窟へ、そのことの為め、つまずいてはなるまいと、生理的なものの始末に出かけた。馴染の女は知らぬが仏であった。帰りがけ、銭湯に寄り、同じ人間が、白毛一本のこすまじく、いとも念入りにアゴ鬚など剃っていた。

天城トンネルを出、バスが停車し、「用達して下さい。」と、女車掌の声である。乗客の五六人が立ち、街道の路ばたへ行って、立小便始めた。一人の女客は、勝手悪しといったふうに、まごまごしていた。

竹七と、花枝は、予定通り、バスを降り、歩き出した。竹七は、自分で袖口あたりつくろった、薄い小豆色のオーバー、中古品で買った、青っぽい背広、鳥打をかぶり、あみ上げの兵隊靴穿いていた。花枝は、いつもと変らない、煉瓦色のトッパー、茶色のぺらぺらしたスカート、ナイロンの靴下に、かかとの低い短靴を穿き、飴色の四角な下げ鞄、梅干入れた握飯や蜜柑など一緒にした風呂敷包を持っていた。包は、歩き出すとすぐ、竹七にかかえられた。

かすかに薄日さす、雪か雨になりそうな空模様であった。峠を越えて、南へくだる街道の左手は、渓間になっており、行く程に深く拡がるようであった。山肌は、すっかり霜枯れて、葉を落した木々のたたずまいも佗しく、そこかしこに植林された杉の緑が、ひと際冴えていた。たまに、キ、キッと啼きながら、飛び立つ鳥影もみえた。

曲り角の、杉の根かたに、落葉のむらがり、重なるのをみつけ、花枝は嘆声発し「いいたきつけ。」と、云ったりした。二人は、枯草分けて、厓《がけ》を降り、細い渓流の水を、両手に掬い上げ、口へ入れた。流れは、街道をくだる裡、杉の木の間に、小さな滝となって眺められたりした。

行き違う人は勿論、バスやトラックの往来も滅多にない、石ころだらけの道である。ひき緊った、山の気の寒さに、竹七は時々水洟《はな》すすり、花枝は歩きにくがって、ポケットへ突っこまれた、竹七の左腕に、右手を廻すようにして行った。

「わたくし、つくづく、子供生んだのを後悔することがあるんです。」

と、心持ち、顔をそむけながら、花枝が云い出していた。

「結婚して、三年たっても、影も形もなかったので、わたくし、石女かしらと思っていたところへ出来たでしょう。父始め、身うちの人も、まだかまだかと云っていた矢先きでしたし、主人は生活が安定してないからなんて、随分反対だったけど、わたくし強情はって生んだんです。それから一年目に又一人——。でも、わたくし、本当に、子がほしかったんです。子を持って、母の愛というものを知りたかったんです。」

花枝は、実母に、四歳の時死別し、二度目の母の手で大きくなった者で、継母には一人の男の子より出来ず、腹違いの彼女にも、世間の多くのそれのように、辛く当るような母親でなく、その点花枝始め感謝していたが、継子根性のお多分に洩れず、いやなわだかまりはもの心つくと一緒に嵩じて、娘時代彼女は家の中で笑ったことのないような明け暮を過していた。自分も、ひとの子の母となった昨今、継母に対する頑な心も、幾分ほぐれてきたとは云い条、十何年間持ち越したこだわりは、終生影になり日向になり、つきまとうようであった。

「本当のお母さんの葬式の日のことも、わたくしが、お母さんの病床へ、叱られながら、もぐりこんだことも、ありあり覚えています。でも、本当の母の愛情というものは、どんなものなのか、四つのとき死に別れたわたくしには謎なのです。自分の子を持って、それを知りたかったんです。が、二人まで生んだ今になってみると――」

「あんたの主人だって、出来てしまえば、わが子が可愛くないことはないでしょう。そうでしょう。」

「え、どっちかと云えば、子煩悩の方ですわ。でも、親同志の間が、間ですから――。先達《せんだつて》、小田原でお酒いただいた時、口すべらしちゃってますが、わたくし、失恋して、毒までのんだのを、みすみす承知で、一緒になった仲間でしょう。いくら、いいなずけだって、そんな結ばれ方なんか、無茶だったんですね。結婚して、二年とたたない裡、カフェへひっぱって行って、わたくしの目の前で、女給を抱いてみせたり、一週間も月給を持ったまま、家へ帰ってこなかったり。――勤先へは、毎日ちゃんと通っていたんですね。その頃、わたくし、働きに出ていましたから、まだしもでしたけど、今なら、干ぼしになっていますわ。二人の子まで出来て、わたくしが、すっかり世帯臭くなったと云ったりして、この頃も、毎晩殆んど家にいることがないんです。何かにつけて当り散らして、喧嘩口論が絶えません。振り出しからいけなかったんですね。あのことを、いまだに根にもって、苦しんでいるのが、わたくしにもよく解りますから何されても、こっちは、結局泣き寝入りするしかありませんの。自分では、酒も相当のむし、煙草も「光」二箱喫う位ですのに、わたくしには、匂いさえかがせません。この一二年、出て行きたかったら、何時でも出て行け——。子供を連れて行ってもよし、置いて行ってもよし、お前の好きなようにしろ、なんて、思い切ったことを、平気で云うようになりました。日まし、家の中が、気まずいものになって行くようですわ。」

「ふーん。そんなことまで、口に出すんですか。」

「わたくし達、もう互いに飽きがきているんですね。子供さえなければ、わたくし、とうに出ていますわ。でも、二人の子をつれては、父の家の敷居が高いんです。終戦後、父の商売も左前になっていますし、三人してころがりこんだ日には、物質的にも、精神的にも、父の負担が大き過ぎるの、目にみえています。うちを嗣いだ、義理の弟は、去年大学を出たばかりですし。」

「お母さんがお母さんだから、あんたも余計行きにくいわけですね。」

「出て行けって、いくら云われても、わたくし子を連れて、行くところがありません。それに、わたくし、継親に育った女で、その辛さは骨身に沁みていますから、子供にまで、そんな情けない思いをさせたくありません。」

「子供にめんじて、じっと辛棒することですね。」

「——それにしても、主人の性格が、結婚して、七年もたっているのに、さっぱり掴めないのが心外ですわ。夫婦ッて、そんなものなのでしょうか。わたくしに、もともと、愛情が不足しているせいでしょうか。」

「主人の気質が、はっきり摑めていたら、今後の見透しも、大体つくわけですが、むずかしい問題だな。第一、われわれ、自分自身の性格すら、鏡にうつすようには、解らないですね。」

「先生、三篇ご覧になった作品で、およそのところでも――」

「さア――。ご自分のことを書いたのは、一番しまいの、満州でソ聯兵に投降するあれだけでしょう。題材が題材だし、夫としてどうした男か、一寸見当つかないが、相当こみいった性格らしい。――兎に角、あんたを、こうして出す人なんだからな。」

「二人共、世間で云う、戦後派という奴なんでしょうか。」

と、かたまりでも、吐き捨てるように、花枝は口もとを歪めた。

谷が拡がり、段々畑などみえてき、藁屋根の家も、川べりや、藪蔭に、ぽつぽつ並び始めた。街道が、くの字なりに曲るところで、村人に教えられた、近道へ二人はかかった。勾配も急なら、幅もひどく狭い、岩角づたいの路である。前へ、のめりそうになった花枝は、先きに行く、竹七へ言葉をかけた。上体を、うしろへひねり、白茶けた紫色の、皮の手袋はめた花枝の右手ひき、竹七は要心しいしいくだって行ったが、節々の硬ばりかけた足許が心許なく、ややもすると横っ倒しに、ひっくり返りそうであった。額に、あぶら汗、にじませ、どうにか又広い道へ出た。

日が暮れて、湯ケ野の部落にかかる頃、街道に並ぶ、藁屋根の家々の電灯が、柿色に色づいていた。牛小屋の傍に、満開の花つける梅の木が、ほのぼのとみえたりした。花枝は、不思議

そうに、

「このへんでは、晩味噌汁たべるのかしら。さっきから、ずっと匂いがしていますわ。」と、云っていた。

町筋へ這入ってからも、一向明るくならない街道であった。土産もの売る店もみえなかった。往来に向いた、二階の廊下の手摺に寄りかかり、夜目にも白く塗った年増女が、下行く二人をしげしげみていたりした。よろけたポストの立つ、小さな郵便局のわきから、渓へ降りる石段路のとっつきに、四軒温泉宿の屋号と電話番号書きつらねた、白いペンキ塗りの立札をみつけ、峠から八キロ余歩いて、可成くたびれている足をひきずり加減、竹七は矢じるしの方角へ、爪先向けた。花枝は、石段の坂路に、遅れがちであった。

途中、右手に、トタン屋根の、青く塗った、箱のような、二階家の旅館をみつけ、竹七は敷石づたい、その玄関先に立った。一坪半ほどのたたきに、下駄、短靴、地下足袋が五六足も乱雑に並んでおり、竹七が現われたのに気がつき、四十がらみの、棒縞銘仙の袷、だらりと着流した女が、口の中をもぐもぐ動かしながら、横手の部屋から出てきた。続いて、廊下の向うから、長い頸のあたりを、はげるように塗りたてた、三十前後の女中とも、何んとも解せない様子の女がやってきた。竹七は、勝手違いと、ぐるり廻れ右し、もとの坂路へ引き返して行った。少程なく、渓川に突き当り、そこから川添い、コンクリート塗った、平な路になっていた。少し行ったところで、明治時代の建物と覚しい、古びた瓦屋根の温泉宿があり、玄関のたたきに、やはり二三足地下足袋が揃えてあった。中々、ひとの出てこないのを幸、竹七は又きびす返していた。川添いの路を、宿屋の廂先について五六歩する裡、そこの風呂場に、村人らしい大人や子供が、五六人つかっている様が、外から丸みえになったりした。かねて、予期してきた温泉場とは云いながら、これはあまりと、竹七は意外な感で、渓川に架けられた、歩くところだけ、泥で固められてある、ひなびた、短かい、木の橋を渡って行った。渡るとすぐ「福田家」と書いた街灯の立つ、宿屋であった。瓦屋根の、相当年数たった二階家で、今までみてきた中では、一番大きく、二階廊下にはガラス障子も並んでいた。

玄関の二坪あまりのたたきの、隅の方に、地下足袋が一足片寄せてあった。板の間の正面に、虫の喰った金紙の衝立《ついたて》があり、時代物めく、長い大きな時計も控えていた。出てきた、大柄な、でっぷりした女将らしい貫禄の女に、竹七は「ご厄介になります。」と、云い、ぎごちない頭の下げ方した。ここ十年、小屋を留守に、外泊したためしなど、ものの三度よりない彼であった。地織の如き着物に、すり切れた赤い帯して素足の、顔におしろいもべにもつけていない小柄な田舎娘に案内され、二階の、今しがた渡ったばかりな木の橋を、間近にみおろす六畳へ、二人は通った。

古びていても、建てつけは雑でなく、一間の床の間に大和絵の、王女を描いた軸がかけてあり、カリンのテーブル、瀬戸の円い火鉢、乱れ籠、衣桁、鏡台まで、ひと通り備えつけられ、川に面した方の廊下には、籐のテーブル、椅子まで置いてあった。

女中の運んできた、茶をのむより早く、竹七は、黒いセーターの上へ、銘仙の薄いどてらをひっかけたところで、既にトッパーをぬぎ、丸首の赤い毛糸のセーターと云う、十代の娘のような格好している花枝に、それと促したが、彼女は一緒に入浴するのがためらわれるようであった。それもよかろうと、竹七はひとり、帳場のわきから、又階段を降りて、地下室のような暗い風呂場へ赴き、セメントで素朴に円く仕切られた湯槽へ身を入れ、長々手脚をのばした。半透明の湯は、幾分ぬる加減であった。出たり、はいったり、そうこうしている裡、男一人女二人の、土地の者らしい人数が、どやどや這入ってきた。

部屋へ戻ると、四肢の割りに、胴詰まりの、硬ぶとりで、セーターの胸もとあたり、たわわにふくらんでいる体を、横にしていた花枝は、ゆっくり起きなおり、

「一本頂きましたわ。」

と、云った。彼女は、手に喫いかけの煙草を持っていた。テーブルには、彼女の買ってきた甘納豆に、口をあけてない二箇のピース、それと竹七が用いている「光」が一箱載っていた。自分も喫おうと、竹七が「光」をあけると、一本より残っていなかった。

「少しぬるいが、いい湯だ。ゆっくり、はいっていらっしゃい。」

「ひと、いませんでした？」

「二三人、村の人があとからやってきたが。」

どてらを嫌って、そのままの姿で、花枝は手拭、石鹼箱など持ち、部屋を出て行った。

竹七も、煙草を銜へ、廊下へ出、籐椅子にかけてみた。渓川を挟んで、向う側の宿屋の、二階の紙障子に、ひとの影が大きくなったり、小さくなったりしていた。流れの早い川面に、灯がいくすじも長く細く映り、ゆらめいていた。岩間をくぐる瀬の音も、あたりの静けさを引立たせるようであった。これまで、温泉宿に多少共のんびりした経験など、あるかなしの竹七は、大袈裟に云えば、五十年の疲れが、一度に出てきそうな塩梅式で、ぐったり籐椅子にもたれ、長くなっていた。

橋の上を、厚いどてら着、手拭首に巻いた年寄りと、ちょうちん下げたその孫みたいな子供の二人づれが、とぼとぼ渡ってきたりした。

軈《やが》て、花枝が、湯から上ってき、鏡台の前へ横ッ尻に坐り、上気した顔に、クリームをこすりつけたり、始めた。

鮪の刺身、椀、カキフライ、肉と野菜をあしらった甘煮、そんなたべものが、脚の短かい黒塗りの膳ごと、テーブルに載せられ、ちょうしも二本添えてあった。二人は、盃を干したり、たべものへ箸を向けたりした。花枝は刺身をうまがり、竹七はとれたての、軟かい、キャベツなど頻りにほめ、花枝の分まで占領するようであった。

三本目のちょうしに、うつる時分から、ぽつぽつ歌が出始めていた。竹七は、皺枯れた声を励まし、得意とする、磯節、木曽節等の民謡、下田夜曲その他の流行歌、しまい頃には、啄木、牧水の朗詠に及んだりした。花枝も、負けずに唄って、金属性なその地声とさして変らない声帯で、数々の流行歌、「ま白き富士嶺」までやり出していた。

四本目にかかってから、花枝はとみに酔いがまわったようで、テーブルの前に坐っておられず、竹七の隣りへとやってき、竹七と火鉢へ、交互もたれかかる様子となり、又テレ臭いというように、よろよろ立って、鏡台の鏡の面へ、ぺったり濡手拭の目隠しに行ったりした。その為め、服毒までした、初恋の男の話も、酔った彼女の口から、艶っぽく繰り述べられ、それが終りにならない裡に、「先生、寂しい。」と、金切り声発し、竹七の骨っぽい小さな膝へ、体を投げ出し、彼に抱かれながら、肉づきのたっぷりした背すじ波打たせ、絶え入るように泣き出したりした。止むと「先生、わたくし、もっと美人に生れてきたら、奥さんにして下さる？」と、お天気も変っていた。「君は、今でも、中々美人だよ。」「わたくし、先生のところへ行ってもいい？」「あ、あ。」「先生のご迷惑にならない。」「出来るだけのことはするよ。」両者、虚々実々というやり取りであった。それ位は、よかろうと、負けずに酔った竹七が、花枝の唇をひっぱりよせようとしたら「先生ずるいわ。」と、云いざま、彼女は彼の肢ぐらへ、桜色に染ったその顔を押しつけるようなしぐさを続けた。

既に、襖ひとつ境にした、隣りの六畳には、竹七の註文で、二組の床が延べられてあった。花枝は、竹七に促され、立って、部屋の隅へ行き、赤いセーターなど、ぬぎ始めた。竹七は、まだ、大分のこっている五本目の酒を、一滴余まさじ、という血相すさまじく、盃をぐいぐい口へ運んでいた。酒で、生理的なものの根を、殺ろしてしまおう、彼の心づもりであった。しまいには、ちょうしを摑み、ラッパのみとなっていた。

余勢かって、ずんぐりした体に、ひと廻りも、ふた廻りも大きい、弁慶縞のゆかたひっかけ、細帯をゆるめにしめた花枝を置き去り、竹七は襖をあけて、手近の方の床へ、早速もぐり込んだ。そうこうする裡、野獣のように、荒い息づかい始めたが、彼はそのままの姿勢で、あしたの朝まで、寝る予定であった。

花枝が、暗くしてある部屋へ、這入ってきた。床の間を、頭にした方の床へはいり、暫して、

「先生はお爺さんね。」

と、よく透る、持ち前の坐りのいいもの云いである。そのひとことに、竹七は忽ちカッとなり、床を蹴って起き上り、自分の方の床から、わざわざ掛布団一枚もって行き、それを花枝のいる床に重ね、内側へ身を入れた。——ガブのみは、やはり、無駄ではなかった。竹七は、終始不能者の如く、その方面を、意識すらしないようであった。

部屋の中が、白みかけていた。

床の間近くとは反対の、襖よりにのべられた床の中で、寝不足と、宿酔いに、ずきずきする頭を、持ちあつかいながら、竹七はピースをふかしていた。

「先生、寒くない？」

と、向うの床の中から、花枝の声である。

「オーバーをかけてあるよ。――あんた、眠れた？」

「ええ、少し。先生は？」

「駄目だった。ろくすっぽ寝ていない。――こっちへおいで。」

「ハイ。」と云う言葉遣いが、生得不得手な花枝は、無言のまま、床を出て、ゆかたの前を気にするような手つきしながら、竹七の方へやってき、体を横にした。

短かい女の頸を抱き、尖った唇を押しつけると、彼女は牛乳色した、鼻すじとおる円い顔を、竹七の胸もとへなすりつけ、子供ッぽく「いやいや」するようである。乱れた断髪を掴んで、女の顔を引きおこし、ちんまりした分厚なその下唇へ、竹七は吸いついて行った。昨夜来のことで、彼女はなすに委せていた。

「花枝ちゃん、俺は、あんたを、本当に抱くことが出来ない。」

と、竹七は、例の息の洩れる、錆びついた声で、ぼそぼそ始めるのである。睫毛の薄い、幾分眼尻のつり上った眼をとじたまま、花枝は静かに頷いてみせた。

「あと、長くて、せいぜい、十年というところだ。俺が死んでののち、あんたは若いんだから、別の人のところへ行けば行ける筈だ。だが、二人の子供まである身では、中々、それも容易なことじゃないからね。また、二人の肉体の距離ということね。花枝ちゃんを、その点で満足さすこともむずかしいんだ。」

「わたくし、そんなことはどうだって――」

「こっちは、段々しぼんで行く一方だ。あんたが可哀そうだ。——遠慮すべきなんだ。」

竹七が、独身であり、多少文名もあるとこから、うっかり「大樹」と見違え易いにしろ、その実朽ちかけた「藁」でしきゃない、と云う彼の口実に、別段嘘もかけ引もなさそうであった。

「本当に抱くことが出来ず、残念だ。」

「ね、そんな悲しいことおっしゃらないで——。何も考えないで。」

「無理は、今からでもみえすいている。お互いが、好いて離れられなくなったら、心中してしまうより仕方ないようなものだ。二人して、死んでしまえば、安野君（花枝の夫の姓）へも、二人の子供へも申訳がたつが——」

「でも、そんなこと位で死んでしまうなんて——先生には、仕残したお仕事もありますわ。」

「小説なんか、いくつになっても、書けるときまっちゃいない。もともと、水もの、なんだ。——生きていることにも、大して執着が、なくなっているんだ。」

手前の、腹の底をわってみせるような、竹七の口つきは、うわずり、ひきつり、気味である。

「そんなお話、止めて。——知らない。」

とじた眼は開かず、花枝も顔色を、重苦しく沈めていた。息のつまりそうなものが、床のまわりへ、はだかってきた。

「ま、それは、それとして、あんた、帰れるの。こんなふうなことになってしまって、ね。」

「帰れるわ。許しを得て、くることはきているんですもの。」

「許しを得てきたにしろね。」

「いいの。こうなるのは、わたくし、解っていたことだし、安野も大概承知のようでしたわ。いいの。心配なさらないで。」

「ふーん。」

「わたくしより、先き死んではいやよ。」

二人の唇が、再びもつれ合っていた。

黒眼の澄んだ眼を開き、花枝は気分をとり戻したように、

「先生のお顔、お父さんの顔とよく似ているわ。」

と、そんなことを云い出した。彼の、寝不足で、余計ぽこんと落ちた頬や、ひびのように深い皺が、幾筋かとおっている額あたり撫でまわし、

「先生の額、広くて立派ね。お父さんは、額のこのへんに、血のかたまった、小さなほくろがあるの、一つ。――わたくし、お父さんが、二人出来たよう。」

「お父さん、ね。」

「お父さんにして置くわ。」

「お父さんなら、こっちは、手も足も出せないことになるが、分相応、当然、というところかな。」

と、竹七は、すすり泣くような、ひしゃげた笑い方であった。

「結論を急ぐことはない。——今後の成行に委せよう。成行に、ね。」

「そうね。さからっても、仕方ないわ。」

竹七が、湯にはいってくると、起き上ろうとしたら、花枝はも一度、抱き止めていた。

地下室のような風呂場で、とし寄りの冷水よろしく、十二貫そこそこの瘦せこけた体ふんばり、竹七が気張ってシコを踏んでいるところへ、どてら着た花枝が、脱衣場に現われ、顔中赤くしながら、その格好を見下ろし、すぐ姿を消した。彼女は、生理的な現象から、入浴出来ない工合になっていた。


目刺に、鶏卵などついた、朝めしの膳が、赤い帯の女中の手で下げられる早々、竹七はどてらを背広に着換え、そろそろ立ち仕度であった。花枝も、派手な色気のセーターにスカート、かがったあとのあるナイロンの靴下まで穿き、化粧した若々しい顔は、昨夜のひだひとつ、のこさないようであった。

一寸痛い、と彼女は云って、テーブルの前に坐り直し、セーターを胸もと高く、まくり上げ、乳当の先から、はりきった乳房を取り出し、両手を乳首の根元にあてがい、小刻みに押し出した。薄い、白いものが、たらたら、テーブルの上の、小さくたたまれた手拭へ、落ちて行った。

はすかいの位置に、胡坐かき、竹七は神妙そうに、じっとしぐさをみていた。

「押し方は、コツがあるのね。」

腋て、手拭がびしょびしょに濡れ、別のと取り換えられ、乳房も左から右へ、移っていた。

「先生、わたくしを、嫌いになった?」

と、重い黒眼で、花枝は手の方は休めず、竹七を顧みた。思いがけないことと、即座に返答が出来ないでいる竹七から、視線を外し、伏目となって、

「わたくし、しょってるのね。」

「いや。——こっちは感心していたんだ。」

一滴、白いものが、手拭をこえ、テーブルの中程へ飛んだりした。

「子は宝というが、あんたのような立場にある者には、本当にそうなんだね。」

「立場」と云う言葉にひっかかり、花枝はギクッとしたようである。

「二児に殉じて、継親をもたせない為め、安野君のそばで辛棒するのが、あんたの一番の上分別じゃないのかな。——子はかすがい、と云う古い文句もある——」

と、昨日街道を歩きながら、云ったこととよく似ている、そんなせりふが、どうしても竹七の口をわって、出て行きにくいようであった。長く、みておられず、彼はピースに火をつけ、重い足どりで廊下へ出て行き、籐椅子に腰をおろした。

ガラス障子の向う側は、雪でも降ってきそうな模様であった。丸い小山の頂にかぶさる空は、古緑を凍らせたような色をし、木一本ない、枯芝ばかりの山肌、街道すじに並ぶ古ぼけたでこぼこの屋根、向いあった宿屋の、すすけた紙障子つらねる二階あたり、ひと影なくひっそりし

ており、岩間行く流れだけ、せいせいと変らない瀬の音を続けていた。

乳に濡れた、二本の手拭を、洗ってきたその足で、花枝が竹七の背中のあたりへ寄ってきた。彼のかける椅子に、片手をのせて、

「この川、夏、鮎がとれるそうだけど、こんなに水が少くているのかしら。」

「その時分になれば、今よりずっと水嵩が増す。」

「綺麗なことは綺麗ね。」

「バスを降りてから、少し行って、水を掬《すく》ってのんだあのへんが、この川の水もとらしい。」

「随分歩いてきたわけね。」

花枝は、部屋へ戻り、火鉢の傍へ横ッ尻となった。竹七も椅子を離れ、彼女と差向いに、位置をしめた。二人は、おとなしく、相手の顔に見入るようであった。

「わたくし、ここに、こうしていたい。」

「五千円ばかりあるから、もう一晩位、いられることはいられるんだが、一寸ね。」

「わたくし、駄々、こねるのね。――今日中に帰らなければ、本当に、追い出されてしまう。」

暫して、衣桁にかけてある二本の手拭を、花枝ははずしてき、たたんだり始めた。

湯ケ野を、十時二十分発、下田行の黄色いバスに、間にあった。こまかい雪が、チラチラし出していた。

街道の、両側に並ぶ、低いむさ苦しい家並が切れると、長い木の橋を渡り、バスはよちよち、

山腹のジグザグした赤土の道路を登って行った。谷は急にひろがり、峠へかかる手前では、灰色の薄幕ごし、河津海岸の松原が、ほのかに、小さく、みえてきたりした。

――二十八年二月――

晩　花

往来で、煉瓦色のトッパー着た、女の姿をみかけると、数え年五十三の竹七は、としにも似ず、眼を光らせ、花枝じゃないか、とあたふた、急ぎ脚になること、再三のようであった。

花枝は、竹七より、かれこれ三十もとし下の女で、小田原から長い橋一つ距たる部落に、勤人の夫、四つに二つの子供という小人数で暮しており、彼女が竹七の棲家である物置小屋を尋ねた、昨年の十一月あたりから、二人の交際が始まり、としを越す早々、喫茶店で洋酒の盃を一緒に干したりするような工合になり、一月の月末には、夫の許可を得てきた女と竹七は、伊豆の湯ケ野温泉へ、ひと晩どまりの旅行に出かけていた。その折、十何年振りかで、彼は娼婦でない女の唇というものに触れており、貧しい先のそう長くもなさそうな五十過ぎの男にしてみれば、二度と得難いためしかもしれない訳であった。

彼の留守、小屋に花枝からと覚しい、旅行の際のお礼のしるしとよめる、黒い靴下二足納まったボール箱が届いていたまでで、十日以上日がたっても、女の姿に一向ぶつからずじまいであった。またの再会を約して置きながら、いたちの路をきめこんだみたいな相手を、勤めに出ている夫のいない、刻限みはからい、先方の家へ乗り込んで行って、などといきり立つようで、その実、竹七は橋向うの方角へ一歩も脚を向け得ないでいた。第一に、勤人の手前が憚かられ、その親の血をひく二児をみるのも、甚だ面映い仕儀とためらうようであった。かてて、自分の年齢、だしがらじみた肉体、仮にも妻とよべる女を半年以上もつことなく、風来坊然と生きてきた生得、或いは拙ない己が文才・世才等々計算すれば、どうひいき目でみ、且己惚れたところで、凡そ若い女性に誂え向きな人間とはふみにくく、いっそ尻込みするしかないようであった。今迄通り、独身で暮し、用のある場合は、勝手知った「抹香町」へんを徘徊し、しのぎつけるが分相応と、日のかげったような自脈もとらないではなかった。短かくない半生に於いて、数々の諦めを余儀なくされつけてきた竹七では、それが一応彼に打ってつけな筋道とも見做《みな》され加減ながら、しなびたとは云え、木石ならざる凡夫生身の哀しさ、指を啣えて引き下るには、相当の手間ひまもかかりそうであった。要は、花枝の出方一つであった。竹七自身、おいそれと腰がきれないとしたところ、重々その身に色気を持つ以上、向うから脚を運んでくるものを、こばむいわれはないにきまった話であった。したが、彼に唇を与え、ひと夜の浮気沙汰ではないような素振りを示した女にして、現在夫婦仲がどうであれ、第三者の出現により、ますますふたりの間に反目が嵩じた揚句であれ、夫の許から、二児をつれたりつれなかったりして、相手もあろうに、竹七如き者のところへ舞い込むなどは、丸太ン棒につかまり大海に出るような類いの、不倫を云われるより先、その正気のほどを疑われる筈で、次第によっては、竹七共々いのち取りの問題となるやもはかり知れなかった。

二月なかばにしては、生暖かい、風のない夜である。

ジャンパー、セーター、いろいろ着込み、着ぶくれた上に、色の褪めた、中古品の厚いオーバーをひっかけ、竹七は十五六年使い古して、インキのしみや、煙草の焼け焦げのあとのまばらな、ビール箱の机に向い、背中を丸くしていた。机には、釘の一本出ている板を燭台に、太目のローソクがともっており、頭のところへ、屛風の如く、四六判の本を廻わし、老眼鏡ごしに、彼は活字を吸いとるような格好であった。

夜もまだ、八時前というのに、漁師長屋の近所隣りは、ひっそりしており、かすかな波の音が忍び寄るばかりである。

「先生。」

と、小屋の入口に、女の低いが、弾力のある声がした。

声のあるじは、まがう方ない、花枝であった。竹七は、本を手からはなし、ローソクともる板にもち換え、わりと落ちついたもの腰で、階段とも梯子ともつかないところを、上から照しながら、

「いらっしゃい。」

今夜の来訪は、前もって通知されていた。

首が太く、幾分いかり肩で、五尺とない身長でいて、十三貫からある、ずんぐりな体に、煉瓦色のそれと異る、黒のトッパー、紺サージのズボン、飴色の短靴穿いた花枝が、足もと心許なげに上ってきた。

「暖かいから、ここでいっぷくして——」

靴ぬぐのを、ためらい気味な女に、竹七は手招きするような言葉遣いで、机の前の、一枚よりない、さる文学少女から贈られた、派手な模様の座布団をなおしたりした。

花枝は、無言のまま、靴のかかとの方へ手を出した。あっさり、粉おしろいはたいて、口紅さした、丸味のある顔は、夜目にも白く、どこか憂いあり気に沈んで、数え年二十五歳の女にしても、争われない人妻らしい陰影をひそめていた。

赤い畳が、二畳敷かれたところへ、花枝は腰の方から寄ってき、いくらすすめても、座布団を押しやった。竹七も、押し返すばかりで、横ッ尻に坐る女の、膝もと近い、濃紫のふくさでくるんだ小さな包みの中味へ彼はへんに神経を尖らすふうでもある。

「お逢いしたかったわ。」

感情を抑えた、重い口振りであった。

「随分暫だった。——あれから、半月以上たったね。」

竹七も、自然、胸中のしこりが、ほぐれる塩梅式であった。

「靴下、ありがとう。生憎《あいにく》、出ていたところで——」

「あれ、安野が持ってきたの。」

「ふーん。あんたじゃなかったのか。——夜きたの。昼間きたの。昼間だと、この写真みつかってしまったわけだな。まずかったな。」

と、竹七は、机の向う側の柱の釘へ、つる下る手札型の写真へ、仰山に上体を向けた。写真は、湯ケ野行の折、花枝が彼に呉れたもので、胸もとのふっくらした、一見少女とみまがう彼女の半身像であった。

「丁度、今頃来た筈よ。でも、懐中電灯もっているから、ことに依ると、みつけたかも知れない。」

「ふーん。」

留守していてよかったと、竹七は思わず息を呑むようであった。

「わたしも、四日ばかり前、午前中きたけど、先生、いなかった。」

「それは、残念だったな。あんたが、あれからちっとも顔みせないので、俺は随分いらいらしていたんだ。外を歩いていると、煉瓦色したトッパーがいやに眼についたりしてね。——が、遠慮していたんだ。——じっと、がまんしていたんだ。」

「わたし、もっと早くこられるところだったけど、あれからすぐ病気しちゃったの。下田では、雨になって、あんなに寒かったでしょう。冷えこんでしまったのね。帰ると、その晩から、四十度近くの熱出しちゃって、家中の蒲団かけても、ガタガタ慄えていたの。」

「帰りがけ、伊東あたりで、湯にはいり、あたたまればよかったんだね。」

「安野に叱られちゃったわ。上の子は、御殿場の義母さんのところへあずけたりして、十日ばかりで、起きられたから、昨日子供を受取りに行ってきたの。」

「なおってよかったね。で、寝ている間中、ご飯なんかどうしていたの。」

「安野がやっていたわ。」

と、鼻先で、こともなげに云い、

「わたし、よく病気するので、やりつけているわ。」

と、うそぶくようにしながら、花枝は「光」をちんまりした口元へ持って行った。

体に似て、眼、鼻すべて顔の造作の小さく整った女の、幾分つり上った眼もとが、瑞々しく艶っぽく、面白いものをみるというふうに、怪しげな板の燭台あたりへ、そそがれたりした。

改めて、釘へさされた自分の写真に眼をとめ、そこから斜め上のところへかけられた、額縁なしの風景画にも、軟かい視線を向けて、

「誰が描いたの。」

「甥の絵なんだ。」

「上手にかけてるわ。いくつ？」

「まだ、十六かそこいらだが、としにしてはよく描くよ。」

蜜柑畑を前景に、遠く三角形の山をあしらった油絵は、稚拙ながら、色感に無垢なものがあっ

た。

「波の音、よく聞えるわね。」

「渚まで、ものの二十間と離れていないからね。」

「波の高いとき、耳について眠りにくいようなことはない？」

「大して苦にならない。何しろ、長い間の馴れだからね。」

「そうね。」

花枝の手にしている煙草が、半分以上なくなりかけていた。

「そう云えば、あんた少し痩せたかな。」

「痩せて又ふとったの。でぶさんは駄目ね。痩せようと、たべるものたべないようにしていても、たちって仕方のないものね。」

「俺みたい、コチコチに干からびているのも困りものだが。——今夜は、暖かだし、暫振り、酒でものみに行こう。ね？」

「ええ、」

と、相当いける女は、腰を浮かせるようであった。

「春がきたような晩ね。」

と、立ち上り、

「わたし、出るとき、どうかしていたのかしら。——手袋忘れてきちゃった。」

竹七が、さしだしたローソクのあかりで、花枝は用心しいしい、急な階段とも梯子ともつかないものを降りて行った。

コール天のズボン、親指のところが穴のあいている足袋、杉の駒下駄穿く竹七と、かかとの低い短靴の、花枝が並んで歩き出した。小男の彼より、女は二寸ばかり、上背がつまっているので、うしろから眺めれば、似合いの二人づれとみられないでもなかった。

漁師街をぬけ、昔の東海道だった広い通りから、両側へ屋並に較べて、馬鹿高い街灯や、簀の子の屋根を舗道につらねる商店街へかかり、途中から右へ折れて、棒にやっとつかまり立ちする柳や、俗悪な春日灯籠の並ぶ、新開地じみた色街へ這入って行った。どこの座敷からも、三味の音ひとつ流れてくるでなく、まだ宵の口というに、人通りさえまばらであった。

「湯ケ野へ行ってみたいわ。」

「いいね。まるきし、山奥の温泉場と云うところだったね。」

「でも。――はずかしい。」

「何が?」

「先生が――」

と、花枝は、太い首根をよじるようにした。酔いに紛れた一夜の思い出が、胸もとへうずくようであった。

「今、お仕事あるの。」

「一つ、きているね。締切りまでに、十五日ばかりあるんだ。」

「十五日間も。——そんなに長いの。お仕事中はお逢い出来ないわね。」

「いや、前の日、手紙くれれば、いつでもちゃんと待っているよ。やってきて、ね。」

「わたし、今日出がけ、安野に、先生が好きになるかも知れない、と云ったの。」

「そうしたら?」

「それは、君の自由だ。束縛はしないって云うの。——話せることは話せるでしょう。」

「ふーん。」

と、夫である勤人の、真意がのみこみかねるかして、竹七は、眼玉をひきつらせ気味であった。

船板塀回らす、大きな料亭の角から、右へ曲り、両側に、待合や寿司屋、古着のセリ市場など並ぶ通りを、間もなくハイヤー、トラックの相当往来する国道へ出、そこを横切り、少し行って、総二階造りの大きな食堂の玄関先を素通りし、植込みの間を抜ける砂利路を、横手の重いガラス障子の前まできて、あけてテーブル、椅子がふた側つながる広い場所へ、脚を入れた。

螢光灯が明るいだけで、客は一人もいなかった。竹七は、寿司に酒を女中に頼んだ。花枝の方は、反対側の椅子をもってき、二人のかける間に置き、その上へテーブルから胴の円い瀬戸の火鉢を移転させたりした。骨太の、体の割りに大きな黒い手と、水仕事などで、皮は硬ばっているが、そのとしらしくしなやかな手が、炭火にかざされた。

「わたし、病気した時からこっち、子供にお乳のませないことにしているの。そのせいで、お乳房《ちち》が少女みたいに、小さくなってしまったわ。」

竹七は、異なことをきく、というように、トッパーの上から、そのへんをのぞきみる眼つきであった。

「大抵のひとは、止めて、ひと月位、お乳房もしぼまず、時々はりもすると云うんだけど。」

うそにも、自分の子供と云うものを持った覚えがなく、またほしいと考えたことも余りなかった竹七などには、一寸耳遠い彼女の話であった。

握り寿司に、ちょうしが来、二人は水色した小ぶりな盃をあけ、かわるがわる酌したりした。ちょいちょい、たべものにも、手を出していた。皿のふちにかける、箸の置き方が、花枝のそれは、何かの作法にかなっているようであった。奥歯のすっかり抜け落ちた竹七は、口先ばかりもぐもぐさせる、爺むさいたべ方であった。花枝は、みてみぬ振りであった。

「あんたが、熱を出して寝ている時分だったんだな。俺もカゼひいちゃってね、床へもぐっていた。ふらつく足をひきずり、近所の井戸端へ行って、濡らしてきた手拭を額に載せたりしてね。腹が空くと、はい出して鍋焼うどんなんか詰め込みに行ったね。間がよく、二日ばかりで、熱は退いたんだが、病気でもすると、全く独身者はこたえるね。」

心細そうなことを述べる竹七をみいみい、花枝はいくらかつり上り気味な、濃い眉毛のつけねを、つねられでもしたように寄せていた。

「ま、やり給え。」

盃を持ち上げながら、

「抹香町へはお出かけにならないの。」

「ああ、このところ、ご無沙汰してるね。あんたを知ってから、何んだかあそこがつまらなくなってしまった。——ひとは、性欲のみに生きる能《あた》わず、と云うわけかな。ハハハ——」

急にと云っては相槌うてず、花枝は視線のやり場に困っていたが、

「いつか、好きになりそうな女がいるって云ったでしょう。——そのひとは？」

「キャバレーにいたことのある女だね。あれからすぐ姿を晦《くら》ましてしまったね。昔と違って、今は前借なんか利かなくなったんで、あそこらの女、ひとっところにじっとしている者が、少くなったようだね。」

「お金で、体をしばられない、自由と云えば自由ね。」

「が、転々とした揚句の果は、今も昔も余り変らないんじゃないかな。」

酒がきれ、竹七は三本目を註文した。既に、頬のこけた細長い、日焼けしている顔は、火のついたように染まり、花枝のむっちりした円顔には、まださ程、色が出ていなかった。

「わたし、湯ケ野の帰り、駅前でお別れした時、もうお逢いしまいと思ったの。寝ついてからも、よく、考えてみたの。——夫があり、二人の子供まであるわたしの境遇が境遇でしょう。」

皆まで云わずとも、その意味は、じかに聞手へ伝わり、竹七は返す文句に窮し、ただまわり

の空気が白け行くのを覚えるのみであった。

「だのに、わたし、先生がひとりでいるの、気になって、気になって仕方ないの。」

と、その言葉も、それを云う小さな体も、もどかしげに、花枝は張りのある肩口あたり、もじもじさせる様子であった。

「俺のところへ、きてくれる女なんか、ありゃぁしないさ。」

「先生が結婚すれば、わたし、お逢い出来なくなってしまうんだけど——」

酒で、余計、頭脳が曇った如く、竹七は、いっそぽかんとした、手持ち無沙汰な格好であった。

花枝の方が、口数増して、老漢学者と、溺死したその情人の話、老歌人と同棲している人妻の噂など持ち出した。二組のそれは、目と鼻の間に住まっている人々でもあった。

「俺なんか、迚《とて》も七十の坂を越えるまで、長生しそうもないな。また、そんな、よぼよぼの爺さんになるまで、生きて居たくもない。うまいところで切り上げたいと思っているね。」

「案外、先生は長生するかも知れないわ。」

「まさか。」

「あの人達はプラトニックなのかしら。」

「さあ、ね。」

ちょうしが、四本目に移っても、二人は別段はしゃぎ出すでもなかった。花枝は、ややじれ気味にこれから公園を散歩しようなどと、引き立てるようであった。

彼等は、這入ってきた時の足並とさして変らないふうで、横手のガラス障子をあけ、外へ出て行った。

電車通りを横切り、みかけだけはハイカラな、白い公民館の横手の、板塀つづきの屋敷街を抜け、濠端《ほりばた》へ出、ぎぼしなどのある橋を渡って、古風な瓦屋根に、ペンキ塗りの小学校へつき当り、正門の前から左手に曲って、小学校とこれ又旧式な構えの女学校との間の、両側へ交互に梅と桜を植えたところをまっすぐ行って、土手へ上った。

土手の向うには、濠とも水溜ともつかないものがあり、そこに架けられたセメントの小さな橋から、昔の本丸址へ登る石段となっていた。二人は、そっちへは廻らず、水溜のふちを歩いて、右手に女学校の校舎、左手に「婦人職業安定所」のチャチな洋館や、大きな黒松の聳《そび》えるだらだら坂をくだり、又水のかれかけた濠のほとりに出、濠について、長年月朽ちもせず、花時にはいっぱい紫の房垂らす藤棚の前を過ぎ、神社の大鳥居近くへ来た。

神社の境内は、一段高くなっていた。境内と、道路公園の間に、細い溝川が流れており、梅が行儀よく一列に並び、枝先に早や白いものつけたのも見かけられた。かすかな匂いが、あたりに漂うようであった。

梅づたいに、歩いて行って、行きどまりになったところで、セメントを塗った道路へ出、今度は右側に、太い樹を並べる桜の下を、二人はゆっくり戻ってきた。二つの手が、一緒にオーバーのポケットへ突っ込まれていた。

夜が更けても、格別寒くならず、風も出なかった。向うから、しのびやかにやってくる、若い男女の一組を、目ざとくみかけ、花枝は大きなポケットから、手を抜き出した。そして「羨しいわ。」とかこつふうである。女の言葉に、改めて己がひけ目を目のあたりにし、竹七は消えてなくなりたいようであった。

頭髪光らした青年に、ベレー帽のせた女と摺れ違うより早く、竹七は花枝の手を求めていた。彼女は、さしてさからう気色もなく、二つの手は、またもとの場所へ納まるらしかった。

「小屋へ行って、お床敷いて上げようかしら。クッ、ククク――」

「ありがたいな。頼むね。」

二人の脚は、多少弾みをつけるようであった。桜のつながる濠端と、スレート屋根の赤い小学校の間は、かなり広い通りであった。小学校について、南へ折れ、少し行って、昔の外濠の名残りが、今一間幅のどぶ川となっている、沼臭い裏通りから電車通りに出、そこを横切り、氏神神社、料理屋、映画館、蕎麦屋、パチンコ屋等々並ぶ盛り場へきていた。十時過ぎて、映画館もハネたものとみえ、電飾に明るい街筋は、水をうったように、ひっそり閑としており、あちこちへ犬共が、右往左往しているばかりである。ひと一人、やっと通れる、待合と洋品店の間を通り抜け、旧東海道にかかれば、竹七の小屋は近かった。平家ばかり、ごみごみしている一番はずれの、防波堤へ立つ電灯の光をうける、屋根もぐるりも、トタン板に黒ペンキ塗った建物が、それとありあり手にとれていた。

　あけっぱなしな入口を、竹七が先に這入り、畳の敷いてあるところへあがり、机の上の怪しげな燭台を手さぐりし、マッチをすって、ローソクに火をつけた。炎のめらめらするものを持ち、階段とも梯子ともつかぬところを照らした。濃紫のふくさ包をかかえ、花枝はよちよち上ってき、上りきったところで、畳へ尻餅ついた如く、体をころりと横倒しにした。何やら、芝居じみたものを受け取りながらも、竹七はいきなり花枝を抱き起し、相手の唇に触れ、同じ手間で、居所に較べて大きい押入れから、安毛布ひっぱり出し、女の背中へかけていた。

「あんた、迚も敷けそうにないな。」

　と、幾分、口を尖らせ、オーバー、上着、ワイシャツなど、日頃の流儀で一緒くたにぬぎ捨て、丸首の黒いセーター、ズボンと云ういでたちに早変りした。竹七の、そんな格好を、横目にみて、花枝は含み笑いであった。

　早速、彼は、焼焦げの一つある木綿の敷蒲団を、狭いところへ一杯にのべ始めた。花枝は、邪魔なものになり、脚のない机の傍へ行き、小さな体を一層縮めるべく余儀なくされた。

　酔いの、十分のこっている赫《あか》ッ面《つら》、鹿爪らしく緊張させ、亀甲模様の青い、真新しい綿毛布を、敷蒲団の上へのばし、あぶらでよごれた手拭まきつけてある坊主枕を、海寄りの方にちょんと置き、続いて襟当もしてない、縫目がさけて綿のはみ出したところもある掛蒲団二枚、ひっぱり出し、二つ重ねて敷いて、足の方角にあたるあたり、すき間ないよう、体を泳がせ、馴れ

た手つきで、ぽんぽんたたいたりしたあとで、掛蒲団を半分捲くりあげ、毛布の上へ両膝つけて坐って、ひと息してから、

「ここへおいでよ。」

と、竹七は、女を手招きするようであった。

酔いも醒め、白紙のような顔色し、机の傍へつくねんと控えている花枝は、小首振って、おいそれと応ずるでもなかった。いらだち気味に、竹七は上体のり出し、女の手頸を、力委せ鷲摑みであった。

「駄目だッ。」

と、毒でものまされるような、呻き声発しながらも、花枝は床へき、黒いトッパー着たまま体を横にした。

「枕はきたないから、これして。」

と、竹七は、机の下からひきずり出した、花模様の座蒲団を二つ折りにし、あてがおうとしたら、

「いいの。」

と、花枝は、たっぷりしている断髪の頭を、坊主枕へ沈めるようであった。

いっ時たって、トッパーの合せ目や、ズボンの先などのばしながら、花枝は床へ起き直り、肩で呼吸し、かすれたやわらかい声で、

「鏡、ない？」

と、云った。

「そこだ。——そこだ。」

と、竹七は、寝たなり、右腕のばし、畳の隅に並んだり、積まれたりしている書物のあたりを指さしていた。

書物の上に、薄黒くほこりかぶり、ところどころ皮がすりむけ骨の露出した、赤い小さな乱籠をみつけた花枝が、

「この中なの。」

と、竹七を振向いた。

「いや、違う。それじゃない。」

と、彼は、体をおこし、自分で平べったいボール箱を、そのへんから取り出していた。みる影もなくなった乱籠は、十数年前彼にすべてを許し、それなりになった、ある老嬢の贈物であった。

ボール紙の蓋とり、鏡を出して、机の上へおったて、

「大きいのね。」

などと呟きながら、頭髪の形をなおしたり、ふっくらした頰を、両手で撫でまわしたりしたあとで、花枝は「光」に火をつけ、喫い出すと一緒に、傍の雑誌ばかり積んであるところから、一冊とって、ローソクの炎近くへかざし、読み始めるようである。時間も「家」も、忘れたよ

うに、とりすましたみたい、落ちつき払った女の、高くも低くもない鼻すじ、厚いがしまりのいい口もと、円い頤《あご》、すんなりした首からトッパーへ消える線、床の中からしげしげ見上げる竹七の眼に、その横顔は名手の描いた絵の如く、鮮かであった。

まばゆいようで、長く見るに堪えず、乗り出して、うしろから横抱きにしたところで、花枝は雑誌を手から離し、煙草の喫いかけは竹七が灰皿代りとしている、青い茶飲茶碗の中へ入れ、他愛もなくあお向けになり、彼のなすがままに委せた。むさぼりつく相手の、毛ものじみた荒い息遣いを、いっぱい浴びながら、

「わたし、もうこない。」

「こないッ？　こないなんて、そんなことッ。」

と、竹七は、半泣き声で、子供が好きな玩具をねだるように、女の首を抱き、頬ずりしたり、あれこれ必死となる。花枝もまた、大体調子をあわせるようであった。

その裡、彼女持ち前の、ずばりッとした云い方で、

「帰るのが、こわくなった。」

「駅まで送って行くよ。——まだ、最終のバスには間にあう。」

「途中じゃないの。」

と、云って、少し間を置き、

「うちへ帰ってからが、こわいの。」

と、きいて、竹七は顔色かえ、俄かに意識取り戻したみたいな人間となって、

「ふーん。じゃ、泊って行くんだね。――だが、覚悟がいるぞッ。」

竹七は、天下の一大事が持ち上ったと、云うような筒抜け声であった。彼女と、まるまる一夜を共にすることは、二人が抜きさしならぬ関係に陥る所以《ゆえん》であり、そうなったら百年目と、生れつきひッ込み思案な、臆病者の胸板は、いっぺんに凍りつくようであった。

が、突如、前後の見境なく、

「安野君にあって、堂々と話しをつけて、その上で、ね。――堂々と。今夜は帰った方がいい。今、そうなっては、安野君の前に出る時、こっちが余計、やましい、うしろ暗い立場になるからね。」

花枝は、短かな頤ひいて、頷くようであった。

「解ってくれるね。」

竹七は、調子づき、

「話がついたら、子供をつれて、くるね。一緒にね。」

花枝も、満更、出たとこ勝負のカラ手形とはみないふうであった。

「元気出して帰って。――あんたは強い女なんだ。難関を突破して行ける女なんだ。」

「わたし、強情でしょう。」

と、花枝は床を出て、机の前にちゃんと坐り、立てぱなしになっている四角な鏡をのぞきな

がら、静かに頭髪や、紅のはみだしたところなど、なおし始めた。濃紫のふくさにくるまれたものは、畳の隅に置かれたままであった。

鏡を、ボール箱に納め、ふくさ包をかかえすっと立ち上り、だまって、靴を穿きにかかる女に、竹七は床の中から飛びかかり、

「こないなんて云わないでね。いいね。」

と、血迷った先程の切口上とは裏腹の、しどろもどろなせりふを、おろおろ口走りながら、花枝を抱きとめていた。崩折れるみたいに、蒲団の上へ、横倒しになった女の、ほんのり上気した白い頬へ、竹七の前歯だけ抜けのこる尖った口もとが、蛭の如く吸いついたりした。

「大丈夫よ。」

「駅まで送って行こう。」

二つの唇が、暫しもつれ合った。

「——帰して。」

ようやく、竹七の両腕がはなれたところで、小柄な花枝は、猪首うなだれたなり「左様なら。」とも、なんとも云わず、あぶなッかしい、階段とも梯子ともつかないところを降りて行った。

蒲団の上から、半身のり出し、竹七は板に釘とおした燭台を持ち、女の足許を照らし続けていた。

花枝が、小屋を出るとすぐ、セーター、シャツ、ズボン、ズボン下、足袋をぬぎ、サル股ひ

とつとなって、竹七はいつも通り、寝巻代りにしているカーキ色の服に手を通し、坊主枕の位置などなおして、長くなった。

波の音より高い鼾をかきかき、深い眠りに落ちて行った。

煉瓦色のトッパー着た花枝が、十日ばかりすると、また小屋を訪問していた。

——二十八年四月——

夜の素描

小屋の中で、竹七は机に向い、本を読んでいた。机の上には、板へ釘さし、そんなものを燭台にして、太目のローソクがともっていた。あたりは、ひっそりしており、波の音だけが、かすかに聞える、八時頃であった。

小屋の入口の、戸をノックする音がし、

「今晩は。」

と、花枝の小さな声である。竹七と彼女は、この正月頃から、特殊な関係を続けてきた。彼は、五十三歳、独身者であるが、女は二十五歳、二人の幼児もつ、人妻であった。

竹七は、机を離れ、梯子段降り、入口の桟を外し、戸を片寄せた。煉瓦色のトッパー、紺のズボン、五尺少し足りないで、十三貫以上あるズングリな女は、白い円味のある顔にあっさり粉おしろいはたき、口紅をさし、いつもとさして変らない様子であった。

竹七は、一枚しかない座蒲団を、横ッ尻に坐った女の膝頭の方へ押しやり、その言葉つきも、皺っぽい、やせこけた五十面も、よくきてくれたと、手放しの歓迎ぶりである。二人は、一週間以上、逢わずにいたのであった。

「この前、先生、急にさよならと云って、行っておしまいになったでしょう。私、お別れしてから、駅の方へ歩いて行くうち、だんだんつまらなくなっちゃって、先生のあとを追いかけようかと思ったの。」

「俺も、あっけない気がしていたんだけど。」

「あの日、先生あれからどうなすったの。」

「別にどっこへも廻りなぞしなかった。小屋へ帰って、すぐ寝ちゃったね。」

「この頃、安野は、毎晩一時か二時近くでないと、帰ってこないの。勤先から、バーへ廻ったり、パチンコをやったり、友達の家で麻雀したりして、いつも遅いの。家には、子供に私きりだから、安野がいなければ、一寸そこへ出るにも大変でしょう。まさか、子供づれで、先生のところへ行くなんかいやだし。」

「鎖につないで置く、と云う安野君の寸法かな。」

「ええ、そうよ。私を出すまいと企んでいるのね。今日も、先生のところへ行っていい、と云ったら、始めはこともなげに承知して置きながら、いよいよ私が仕度始めると、急にきげんが悪くなり、私が行くなら、俺も今夜はのみに行って帰らないかも知れないぞ、と云うなり背広を着にかかったりするの。」

「で、子供は、どうしたんだね。」

「二人とも、寝かしつけてきたわ。」

竹七は、眉の間に深い八の字つくり、呻くような思い入れのていである。彼というものの登場により、荒《すさ》みゆがんだ、夫婦の仲を目のあたりにして、何かしめつけられるような心持ちであった。

「そんな顔、なさらないで、――私が笑っているんですから、いいでしょう。」

と、花枝は、いっそ面白半分のようであった。今後共、二人が逢いつづけ、夫婦の反目がいよいよ度を強めた挙句、女が追い出されるような羽目になるやも知れずと、竹七は先を読んで、迚も顔の筋肉をゆるめるどころではなかった。そうなった女を受け入れる覚悟は、かねがねしていたが、年齢、性格その他から推して、竹七と女がうまい工合に生活してゆくことは無理であり、見込ない仕儀とも、竹七は想像していた。先のない自分の歿後、花枝が二児をかかえ、路頭に迷うようなことになるかと心に描いたりしていた。

「何分にも、こっちが、お爺さんなんでね。」

お爺さんなる言葉に、花枝はぽっちゃりした顔に似ない、神経質な、幾分つり上った細い眼を、ぴくっとさせた。

「この前の前、約束したね。夜は必ず八時から小屋にいるからって、ね。ざっと今日まで十五日間、実行したわけだが、その間われながら神妙なものだったね。あんたがこなければ、こなかったんだなと、そう思いながら、穏やかに床にはいったね。小屋の前を通る下駄の音や、靴音にきき耳たて、待っていたが、こなかったと云って、別に取り乱すようなこともなかった。
やはりとしだし、遠慮や諦めも心の底にあるんだね。――ま、今後共成行きに委せるんだね。」
と、遠廻し、彼女との結婚は避けるに越したことはない、と云う意味を含めるようなもの謂である。

彼の述懐めいた言葉を、シンとした顔つきで、しまいまで聞いていた花枝が、

「先生、死ぬのは、こわい？」

「今、すぐか。」

と、それは困るみたい、竹七は慌ててみせたが、

「あんたと二人なら、いつでも死ねる、と思っているね。」

と、満更、出まかせとも思えない、好いた女と一緒になるのが無理なら、死を選ぶに如《し》くはなし、と考えてもいそうな口裏であった。

「でも、そんなことをすれば、世間の笑いものになるわ、ね。」

「世間なんか問題じゃない。死を賭けてすることに、世間の約束も思惑もあるものか。」

と、竹七は、いきりたったが、花枝は調子を合わせてくるふうでもなかった。

二人は「光」を喫い始めた。それが、どちら共、半分まで短かくならない裡に、竹七はいきなり、花枝の小さな体を、トッパーの上から抱き、自分の膝の上へ載せた。女は「いやよ。」「いやよ。」と、時めいた声色をみせつつ、彼のなすが儘であった。

暫して、二人は小屋を出た。

目と鼻の間の防波堤を、降りて行った。としは違っても、ジャンパーに、すり切れたコール天のズボン、杉の駒下駄はく竹七と、ローヒイルの花枝とは、背丈だけは、似合いの一対のようであった。

西の空に、星がきらめき、東の方は曇っていて、墨汁を流したような海面の遠くに、漁火《いさりび》が二三またたいていた。風もない、四月始めの空気は、どこか生ぬるく、女の洗髪のような肌触りでもあった。

二人は、手をとり合い、さくさく、砂の上を歩いて行った。海岸には、ひと影らしいものも、なかった。子供のようなしぐさしながら、海に流れこむ、細いどぶ川を飛んだりしていた。

上げられた漁船の傍へ、竹七は腰をおろし、両脚を前へほうり出した。花枝も、その隣りへ坐り、肉色の靴下はく、体のわりにすんなりのびのいい脚を、くの字に折った。

竹七は、ポケットから、二個の蜜柑を、とり出してみせた。皮をむき、ひと粒ずつ、ちんまりした口もとへ、持って行きながら、

「あの、あすこに、赤い灯と青い灯が、二つ小さく並んでいるでしょう。」

「うん。小さくね。」

「あれは、どこ?」

「真鶴《まなづる》だ。港の灯台の灯だね。」

花枝は、眼を細くして、遠くをみるようであった。

聽て、二人は立ち上った。二三歩する裡、花枝は立ちどまり、

「キッスして。」

と、竹七の前へ廻わる。二人は、暫く、抱きあったりした。

間もなく、海岸から、石の段々を、街の方へ上って行った。

広い通りを、まっすぐ行って、電車通りを横切り、昔外濠だった名残りの、幅二間とない溝川を越え、小学校の白い建物も過ぎると、ひとかかえに余る桜が、満開の花つけ、並んでいる濠端である。背の高い、俗な春日どうろうと、桜の間を、花見びとが相当歩いていた。風もないのに、ほろほろ白いものが散ってきたりした。

濠の隅に、花びらが寄り群がり、浮いていた。

「綺麗だね。」

と、竹七は、その隅の方へ、眼をやった。

「花毛せんのようね。——でも、昼間みたらどうかしら。」

と、花枝も寄って、同じところに、見入っていた。

「松葉が濠に落ちて浮いているところへ、花びらが載って、ゆらゆら流れていたのをみたが、面白かった。いかだに花がのっているようでね。」

「筏のよう?」

「ああ、筏のようだったね。」

二人は、ゆっくり、桜の下を歩いて行った。通りすがる人の中に、二人共知った顔がないのも、気が楽なようであった。

みかけだけはハイカラな、市役所の建物の前を通り、古風な鐘楼の下も過ぎ、電車通りへ出て、そこを少し行って、小さな柳と背のそう高くない春日どうろうの並ぶ路へ這入った。あたりは、待合、芸妓屋、すし屋等のたてこむ一劃であった。

安普請ながら、総二階の料理屋へ、二人は這入った。

通された二階の六畳は、新しいと云うばかりで、天井の高い、まん中に小さなニス塗り卓袱《ちゃぶ》台《だい》が置かれるばかりの、ひどくがらんとした趣きである。隅の方の、三尺の床の間には、菜の花が生けてあった。

竹七は、酢豚に、日本酒を註文していた。床の間をよけて、竹七は卓袱台の南側に、花枝は東側へ、それぞれ坐った。

銚子がきたところで、互いに酌し合って、のみ始めた。酒のいける花枝は、根が甘党である竹七より、大分落ちついたのみ振りであった。

竹七は、のこりの蜜柑二つ、卓袱台の上へ、こつんと並べた。大きさの、いくらも違わない果実である。

「蜜柑、可愛いわね。」

と、白眼を水々しくし、花枝はそんなに云った。

「可愛いは、一寸困るな。」

と、竹七は、苦っぽい笑い方である。二つの果実に依って、花枝が子供を連想したかと、彼の気の廻し方であった。

「ホ、ホホ。」

と、花枝は、口もとを、解いていた。どうやら、図星のようであった。

竹七は、せかせか、二つの蜜柑を、ポケットへ又しまいこみ、テレ隠しに笑ったりして、

「今夜は女でいてくれ。」

花枝は、いくらか、酒のまわりかけた眼もとを、かすかに伏せるようである。

「又、湯ケ野へ行ってみたいわ、ね。」

「あすこは、よかったな。」

伊豆の山奥の、はたごや然とした温泉宿で、二人は初めて、唇を併せていたりした。

「今時、玄関に、地下足袋が何足もぬいである温泉旅館も珍しい。」

「それから、村の人と客と一緒に、湯にはいるところも、あまりないでしょう。」

「明治時代の温泉場だね。まるで――」

「わたし、気に入ったわ。」

「明治時代と云えば、俺が子供の時、魚屋だった頃、箱根の底倉の仙石やと云うのに、お出入

りでよく行ったが、仙石やがそうだったね。当時でも、三四流の、都会客より近在の百姓相手の旅館だったが、ある時その部屋の前を通りかかると、御詠歌が聞えてくるんだね。好奇心で、俺がそっと障子をあけてみると、爺さん婆さんが五六人、畳の上へ横になって、木枕を煙管《きせる》でたたいて、ひょうしとりとり、歌っているんだね。今から考えると、夢のようにのんびりした光景だったな。」

「よく、でも、あけてみたわね。」

「やっぱり、子供だったんだね。」

「木枕って、なんなの。」

「木枕を知らないか。木の箱の上に、坊主枕を小さくしたやつがついているんだ。昔は、女は大抵、木枕で寝ていたものなんだね。」

「そう、そんな枕があったの。――わたし、信州の山の中の温泉場へ、一度行ってみたいと思うの。きっと湯ケ野みたい、時代にとり残されたところがあると思うわ。」

「うん。まだ、ランプの温泉宿もあるらしい。近くの川で、とれたてのヤマメを膳につけるところもあるだろうね。行ってみたいな。」

「行きたいわね。」

「でも、いくら、急行で行っても、二晩どまりになるな。信州あたりでははね。」

「たった日に向うへつけばいい位のものね。」

子供を、夫の手もとにのこし、二日も三日も家をあけることは出来ない相談であった。花枝は、ほんのり色づいてきた顔を伏せ、盃へ手を出したりした。既に、四本目の銚子にかかっていた。

「先生、千円、貸して下さらない？」

と、彼女は、ぽつんと、切り出した。

「千円。」

と、鸚鵡《おうむ》返しにして、

「お安い御用だ。」

と、竹七は、引受けていた。今日まで、彼女から、金の無心などされた覚えは、一度もなかったし、一人口で、平生つつましく暮している彼には、それ位の融通にこと欠かない余裕もあった。

「ここの払いする位しか、持合せがないが、帰りに小屋へ寄ってね。」

今、持ってない、ときかされ、花枝は一寸戸惑ったが、切り出したことの首尾に、気が軽くなったようであった。

顔と云わず、細い眼まで、まっかになった竹七は、体を持て余し加減であった。明るくて、はずかしいと云う女を抱き寄せ、唇に触れたり、口うつしに酒をのませにかかったりした。花枝も、応じて、同じようなまねに及び、二人は他愛なくなるのである。

「わたし、先生に逢いたくなると、先生の小説を出して、読むの。――わたし、先生のものになりたい。」

「俺の女のようだ。」

と、竹七も、感激したような声をしぼり、女を抱く両腕に、新たな力がこもるふうである。眼を閉じたなり花枝も頷いて、

「外の女、好きにならないで。」

「最後の女だよ。」

「わたし、先生を外の女にとられたくないの。」

　竹七は、又、女の唇へ吸いついていた。聽て、膝から、降りて、花枝は竹七に短歌の朗詠など所望した。ちゃんと坐り直し、両手を膝にのせ、心持ちそり身となり、彼はひそかに得意としている、啄木をやり始めた。かれこれ、三十年以上の修練を経て、たしかにその朗詠は、きけるものとなっているらしい。

　そろそろ、帰り仕度であった。花枝は、小さな手鏡を、片手に持ち上げ、そこへ顔を入れながら、紅棒で大分薄くなった口もとを描き出したりした。中々、念入りな手つきであった。竹七の方も、まだ酔いきっていない部分が多少のこるらしく、ジャンパーの裾をひっぱったりして、先きに立ち上った。

　二人が、電灯のぶら下るあたりで、顔をよせた時、

「先生、ついてるわ。」

と、花枝は、くすぐったそうであった。赤い斑点が、竹七のゆでたような赫ッ面の、頰や口のまわりに、こびりついていた。

花枝が、幾度も水を通した、しゃれた草色のハンケチとり出し、ひと脚彼の鼻先へ近づいたところで、

「これの方がいいだろう。」

と、竹七は、腰の手拭を外した。いつも、豚のしっぽの如く、そこへぶら下っている代物であった。

手拭をとり、心持ち背のびしいしい、花枝は丹念に、竹七のそこらあたり、拭い始めていた。

小屋の前までくると、竹七一人、暗い中へ這入って行き、勝手知った梯子段を、五十男とは思えない素早さでのぼって行き、本の間から紙幣を一枚ぬいたところへ、花枝も上ってきた。

「マッチはどこだ。」

と、とって、つけたような竹七のもの謂である。そのありかもちゃんと心得ているのに、彼はその場をごまかそうとしているようであった。

「わたし、つけるわ。」

と、梯子段のてっぺんまでき、靴を穿いたままの、花枝である。

マッチなどは、どうでもいい、と云うみたい、竹七はいきなり、花枝を畳の上へ抱き倒し、キッ

スであった。それ以上、立入った行為に出ようとする衝動にうずきながらも、彼は思い止まるふうである。

花枝は、パーマの頭髪を直しながら、身を起していた。ポケットへ、ねじ込んでいた紙幣を取り出し、女に手渡ししながら、

「安野君が、どんな乱暴なまねをしようと、あんたと二人の子供を飢えさせるようなことはしない。——いつでも、とりにいらっしゃい。」

花枝も、頭を下げ、深く得とするようであった。

「ひと月もしたら、お返し出来ると思っているの。」

「返してなんかくれなくってもいい。」

と、竹七はきっぱり云ったが、言葉どおり、花枝はその金を、五月始めになって、返しにきていた。それは、彼女の潔癖からのようであり、竹七との仲に一種の釘をさす、よすがのようでもあった。彼は受けとり渋ったが、又お願いする時もあろう、とある女の口上に、とうとう納めた。その折、彼女はそれとあらわに云いはしなかったが、お礼のしるしみたい、彼に夏向きの薄いシャツを贈っていたりした。

いつも通り、停車場まで送ろうと、竹七は花枝共々、又小屋を出ていた。火の気一つない居所を留守がちに出歩く竹七は、自然足の方もとしになく達者であった。

簀の子の屋根など、舗道につらねる商店街を、途中から柳や春日どうろう並ぶ通りへ曲った。

あかるい料亭の座敷から、三味の音ひとつ聞えてこず、ひと通りもごくまばらであった。

柳の通りから、細い路へ曲ると、待合、西洋料理店、赤いちょうちんつるしたおでん屋等、両側に庇つらねていた。

おでん屋の縄暖簾の内側から、きゃっきゃっと戯れつつ、現われ出た若い背広に、女中と覚しい女の姿をみかけた途端、花枝は十間余はなれたその方角へ、全身の注意を向け、急ぎ脚となりそうであった。女のそのもの腰に、彼はへんな気を廻して、苦いような顔つきであった。

摺れ違ってみると、若い背広は、彼等と全然無縁の人であった。路が暗くなると、竹七は花枝の手をとった。花枝は、その手に、二三度、力をこめたりした。

電車通りは、水を打ったように、静かであった。黝々《くろぐろ》としたアスファルトのまん中へ、二本の線路が、生きもののようにうねったりしていた。

停車場の大時計がみえるあたりへ来、竹七にうながされ、みてみると十二時を大分過ぎているので、花枝はややあわて気味に、

「終バス、出ちゃったわ。」

「そんなに、おそくなったかね。」

「どうしようかしら。ハイヤーで行こうかしら。——のぼりの一時五分と云う汽車があるけど、汽車だと降りてからうちまで二十分近くかかるわ。暗い田圃路を、ひとりで帰るのは、こわいわ。」

「ハイヤーも贅沢だな。――よし、これから俺が送って行ってやろう。往復、ものの、一時間とかかりゃしない。」

「送ってくれる?」

「そうしよう。酔った余勢をかって、送って行こう。」

「でも、先生、帰り路が大変だわ。」

「何んでもないさ。」

「お風邪でもひかしてはいけないわ。」

「風邪なんか大丈夫だよ。それに、今夜はそれ程、寒くない。」

「じゃ、送って頂くわ。」

二人は、電車通りを引返して行った。途中から、だだっぴろい国道へ出、東の方を向いて歩いた。

ひと影はもとより、ハイヤーもみえず、たまに深夜の静まりを破る、トラックが向うからやって来たり、二人を急激に追い越したりするだけであった。

両側に、すずかけの並ぶ国道を行く裡、家並はだんだん平家建が多くなり、やがて「カフェ街入口」とでかでかネオンで記した鉄骨アーチのみえるところへきていた。花枝とねんごろにならない時分、その下を通り抜け、竹七は月の裡六七回も、おしろい臭い女の群がる巷へ足を入れていた。彼女と関係出来てからも、中途半端な状態でいる成行上、前程ではなかったが、時々は用を足しに行っていた。

ネオンのきらめく、同じような鉄骨アーチの前を、二つ素通りし、そこから道がだらだら登りとなって、小さな川に出る。コンクリートで固めた橋から、海の上の半月が、手にとれるようであった。あかがね色した月の面であった。

「あれ、なんと云う月？」

「下弦の月だね。平なところが、上になっていれば、上弦の月だ。」

「そう。下弦の月。」

橋を渡れば、両側に街路樹もなくなり、戸をしめてしまった小売店、小さな理髪店等並ぶ、どこか街道すじといった趣きのある家並みであった。古風な藁屋根も中にまじっていたりした。竹七は、女の軟かい手を握って、二つ一緒に、ポケットへ入れ、歩いて行った。

聽て、長い橋へ出ていた。ひと一人に摺れ違うこともなく、手すりのこわれた箇処などある橋を渡り切り、道がだらだらと下り坂になって、もう一つの小さな橋の上にきたところで、花枝は立ちどまり、

「どうもありがとう。」

「もうすぐか。」

「あの森の裏手なの。」

と、彼女は、麦畑のうしろ側に、こんもりした木影のかたまりを指さした。歩いてものの五

分とはかからない近くであった。

「ありがとう。帰り、ひとりで大変ね。」

「いや、たった、三十分間かそこらのところだ。」

と、竹七は、としにない、騎士気取りのようである。

「わたしも、三十分寝ずに起きてるわ。——お風邪ひかないでね。」

竹七は、皆まで聞かず、ふっくらした女の胸を抱き寄せた。やや長い、別れのキッスであった。

「おやすみ。」

「お気をつけて。」

竹七が廻れ右して、歩き出したあと、暫く、花枝はうしろ姿を見送るようであった。

それから、十日ばかりして、二人は又逢っていた。その時も、最終のバスに乗り遅れた女を、竹七はのこのこ長い橋の向う側まで送っていた。いざ、別れようと、そのしるしみたいなことをすべく、竹七が両腕を拡げてみせると、花枝は頑固に、その手を払いのけるふうである。彼女は、さっきから、森のある方角にあたる国道に、ひとつのひと影をみつけ、こっちへ近づいてくるのを気にしていたのであった。夜目であり、その人物もごく小さい影で、男やら女やら、さだかでなかったが、ひと前をへんに気にやむところのある花枝は、竹七のしかけるしぐさが、承服出来なかった。

「ひとがくるじゃないの。」

細いが、いつも落ちつきのある彼女の言葉に、

「きたっていいさ。まだ、あんなに遠くじゃないか。」

竹七も、それと気づいていたらしいが、おっかぶせるような言葉遣いで、又々女を抱き寄せようとしたら、

「いやッ。」

と、花枝は声を大きく尖らせ、竹七の両腕を突き退けざま、さっさと向うむきに歩き出すのであった。その権幕にひるむ如く、彼も女のあとが追えず、棒のように、路のまん中に突っ立っていた。

花枝は、うつむき加減、男のように大股な急ぎ脚で、国道を遠ざかって行き、先程のひと影と摺れ違って、少し行ったところで、竹七の方を振り返り、一寸体をかがめ、会釈したようであった。

間もなく、森の木影に、女の小さな姿が、吸いこまれるように、みえなくなって行った。

路上に、突立っていた竹七も、漸くわれにかえった如く、口先歪め、中ッ腹のような歩きつきであった。五分以上、たっぷりかかる長い橋を渡り終り、藁屋根もみえる街筋も過ぎ、道の両側へ街路樹の並び始めたところへかかった時分には、その脚にも弾みがつき、やせこけた頬のあたり、にやにやとほころびかけるようであった。

三日ばかりして、竹七の許へ、花枝から便りがきていた。先夜の我儘を許せ、先生はさだめ

し立腹しているに違いない、もう逢ってくれないかも知れないと思い、心配でたまらない。どうぞ、私のはしたなさを許し、今迄通りに——云々とあった。

竹七も、女のいっこくさに、事実気を悪くしていたが、こっちの強引さも男なげなかったと悔いるところがあり、あんなことは少しも気にせず、又やってきて呉れ、例の如く八時から小屋にいる、と追っかけ返事の便りしていた。

その手紙を、竹七が出した日の晩のことである。彼が、例の如く、ビール箱の机に向い、ローソクのあかりで、雑誌のページへ眼を向けている矢先へ、コトコト入口の戸をたたくひとの気配である。どっこいしょと、腰を持ち上げ、梯子を降りて行き、押しつけてある桟を外しながら、

「花枝ちゃんか。」

と、云い、戸をかたよせて、その戸がまだ半分もあかない裡、すき間かいくぐり、礫のように身を入れた花枝であった。白ッぽい生地のツーピース着ていた。

「先生。」

と、云うなり、竹七の片手を握りしめ、彼が「あんなこと気にしなくてもよかったんだ。」とか「俺もさっき、あんたのところへ手紙出したんだ。」とか「あんなこと気にして、ろくに寝られないなんて、話半分にしたって、お馬鹿さんだね。」などと、上機嫌に云い云い、梯子段を上り出しても、その手を離さなかった。

竹七が、赤い畳二枚敷かれてある場所へ坐ると一緒に、梯子段の一番上の段へ、靴を乱暴にぬぎ捨てた花枝は、彼の膝の上へと丸い尻をのせかかり、息はずませ、眼に色みせつつ、

「先生、ごめんなさい。」

「あんなことなんか。」

「よかったわ――よかったわ。」

と、竹七の、奥歯がすっかり抜け落ちた為め、そいだようにこけている頬へ、ほてる顔すり寄せた。そんな生娘みたいな女の振舞いに、竹七も早速感情のたかぶった口つきで、彼女の紅さす、ちんまりした唇あたり求めるようである。

目出度しとも、目出度しと云うべきだが、両人の関係もそのへんを峠とし、あとは追々下り坂であった。

――二十八年六月――

色めくら

変れば、変るものである。月の裡四五回、決して欠かしたためしのなかった「抹香町行」を、このところひと月近く、竹七はぱったり、止めてしまっていた。

それと云うのも、花枝なる人妻と交りを結ぶに及んで、長い間馴染んだ、娼婦の顔をまともにみられないような仕儀となり、行き当りばったり、別の女の客となったものの、二度共苦い不覚をとっていたせいであり、もう一つ、花枝の体臭がしみついて以来、銭出して抱く女が、つまらなくなってしまったからでもあった。ところが、当の花枝を相手にし、いざと云うどたん場に至ると、矢張駄目で、数え年五十三歳と云う老衰期は争えぬもののようであった。

三月末の、夜も十時過ぎていた。

竹七は、多年棲居としている、物置小屋の畳二畳敷かれてある場所へ、ビール箱の机を片寄せ、一杯にのべた床の中で、眠ったとも、眼がさめているともつかない状態であった。と、入口の戸を、コツコツたたき、小さなもの謂で「今晩は。」と云う女の声である。矢庭に、床からはい出し、先年軍徴用のみぎり、小笠原父島から背負ってきた、カーキ色の上着に、サル股ひとつの竹七は、机の上の、板に釘通し、そこへさしてある太目のローソクに火をつけ、手に持って、蒲団の上をひとまたぎし、入口へとかかっている梯子を、よちよち降りて行って、

「どなた?」

と、言葉をかけた。が、先方の返事はなかった。一寸、竹七は、不吉な感を覚えたが、夜遅くになって、小屋を訪ねてくる女など、花枝以外にないに定まった話であった。

彼と、花枝が、特殊な関係を結んだのは一月の月末、二人一緒に伊豆の温泉場へ、泊りがけの旅行してからで、そんな第三者の出現により、七年間、二人の子供も出来、曲りなりにも続いてきた、花枝と夫との間が、兎角気まずいものに変り始め、近頃になく、夫は夜になると外へ出て行きがちとなり、彼女の親許から、夫婦揃って洋服でも新調しろ、と届いた金まで勝手に持ち出し、泥酔して帰宅するような傾向の、最近には、これから竹七の小屋を訪問するとある、花枝が出がけばな、急に機嫌を悪くし「行くなら、俺もこれからのみに出かける。今夜は帰らないかも知れないから、そのつもりでいろ。」と云うなり、背広を着て、彼女のあとをひと脚遅れ、違った方角へ飛び出すような荒模様もみせてきていた。夫は、花枝より、七つとし上の、数えどし三十二歳、学校出のサラリーマンであった。

梯子を降りきり、突ッかい棒を外し、おっつけてある戸をどける竹七の鼻先へ、いつもの通り、煉瓦色のトッパー、紺のズボン、白足袋の下駄穿きで、背は五尺あるかなし、目方は十三

貫越すずんぐりな女が、棒のように突ッ立っていた。

「いらっしゃい。」

と、竹七が云っても、花枝は会釈ひとつするではない。彼が先へ上って、ローソクたてを、もとの位置に置き、薄着の寒さに、腹から下の方だけ蒲団へ入れた時分に、花枝も梯子の三分の二位のところまできたが、下駄をぬいで上るふうなく、中途に釘づけとなったなり、ひきつり気味にすわっている、細いが眼尻の心持ちつり上った眼もとを、床の中の竹七へ、まっすぐ向けるのみである。造作のちんまり整った、円味のある顔には、おしろいけひとつなく、白紙のように乾いていて、何かふッ切れない、コチンとした面持ちであった。

「上っていらっしゃい。そんなところへ立ってなんかいないで。」

と、竹七は、手振りまでつけ加えたが、彼女は相変らず、むっつりした儘である。上ったところ、床が一杯敷いてあるので、また坐る場所もない訳であった。

「こっちへいらっしゃい。――こんなに遅くどうしたんだね。いったい。」

「安野がのみに出かけたの、あと、わたし、じっとしていられなくなったの。」

と、花枝は、始めてものを云ったが、険悪なまでにすわっている眼色は、一向ほぐれる気色もなかった。事情をのみこみ、全体皺っぽく、痩せこけた五十面しかめて、

「ふーん。で、子供は?」

「上の方も、下の方も寝てしまっているの。」

「そう。――こっちへいらっしゃいよ。そんなとこにいたんじゃ、話も出来ない。」

と、竹七は、しつこく云ったが、彼女は応ぜず、猪頸を動かし、

「ここでいいの」

と、繰り返し、いらいら、竹七の禿げ上った広い額のてっぺんあたり、ねめつけたりした。

「強情だな。一寸だけでも、こっちへいらっしゃい。」

「ここでいいの。」

安野に、置いてけぼりされたのみならず、竹七にも含むところがあると云いたげな、花枝のかつてみない見幕に、二三回同じ床で、彼女を抱いている彼の甘ったるい出鼻は、手もなくへし曲るようであった。夜更けて、バスに乗り、小屋を訪ねてきた女の気心も、ますます読みかねて、

「じゃ駅まで送って行こう。」

「いいの。」

「無茶云わないで。――送って行こう。」

と、竹七は、押入の中から、黒い丸首のセーターに、シャツの重なったのをひっぱり出し、掛蒲団の上へ置き、寝巻代りにしているカーキ色の上着をぬぎにかかろうとしたそのすきに、花枝は上体を倒し、片腕のばして、彼がこれから着ようとするものを、いきなり摑みとり、もとの姿勢に戻っても、それを力いっぱい握っていた。

「送らなくてもいいのか。」

「いいの。」

いいの、いいのの一点張りに、短気な竹七は、色をなして、

「これから、安野君のいるところへ廻って行くつもりか。——のみ屋の見当は、大概ついているだろう。」

と、憎ていに、突ッぱなしたような口のきき方であった。花枝は、ぎくッとなったが、ふくれッ面はさり気なく、

「廻って行くかも知れない。」

と、ソラ嘯《うそぶ》いていた。頑固さに、万策尽きた、と半泣顔で、竹七は床からはい出し、蒲団のはしまで行き、石で彫んだ像然としている女を、横抱きにしてみると、彼の膝に余る相手の腰部が、抵抗なく載ってくるようであった。

聴て、花枝は、別れの挨拶もなしに、すっと小屋を出て行った。狐に鼻をつままれたみたいな、間の抜けた面相で、竹七は又男臭い、木綿蒲団の中へ、五尺をいくらも出ない、十二貫足らずの、すじばった小さな体を長くしていた。

住居不定の如く、近くの山路や、小田原の裾廻しあたり、少々位は雨が降っても、ほっつき歩き、又競輪の場外車券売場の前に佇んで、ルンペン然と時間潰すのが好きな竹七が、夜八時

から必ず小屋にいることにする、と花枝に約束してかれこれひと月近く経ち、文字通り神妙に、一日も夜あけるようなことがなくなっていた。

その日は、一緒に映画をみるつもりで、竹七は午後五時頃、小田原駅の前を行ったり来たりし、花枝を待つふうであった。昼間と暗くなってからとでは、女の目のように色が変る紺のワイシャツ、ネクタイなしの、古着屋の店先で買った、上と下、茶に黒と別々な、彼が老眼鏡かけ、覚束ない針を運んだあともあちこちみられる背広、コール天の親指の頭など丸出しになっている足袋、杉の安下駄穿いて、日に焼けた赫ッ面のあごのあたり、殆んど白毛ばかりになってしまった無精髭生やしたりしていた。

東の方から、長い橋を渡って、やってきた銀色の小型なバスが、駅の入口近くに停った。乗客にまじり、小柄な花枝が降りてきた。

いつになく、粉おしろいを、のりのいい円顔にはたいて、ちんまりした口もとに紅をさし、断髪も工合よく繕ってあり、和服のコートをつくり直した白ッぽいツーピース着、その襟から幾度も水をくぐった卵色のワイシャツのぞかせ、ナイロンの靴下を、体のわりに細く長い脚に穿き、飴色のかかとの低い短靴、というい で立ちであった。

トラック、バス、ハイヤーの右往左往する、駅前の広場を、駈け抜けるようにし、二人は大きな三階建洋館の食堂の横手へ這入って行った。四月も十日となり、細い通りは、一寸の風にも、ほこりを立てるようであった。

「熱があるので、会社から、早目に帰ってきたの。——終バスに遅れないようにしてくれッて、云っていたわ。」

「安野君、今夜は、子供のお守りと云うわけだね。『霜月物語』は、今半からで、間に合うんだ。七時五十分からでいいんだ。」

「そう。ちゃんと調べていて下すったのね。」

「もう一つの、あれなんかみたって仕方ない。両方みれば四時間もかかる。——やり切れない。」

「わたしは平気だけど。フ、フフ。」

「かなわないな。」

あらかた、三十歳も、としの違う二人であった。

駅の横手になる、場外車券売場近くの裏通りをまっすぐ行って、昔の外濠を埋立てたあたり通りぬけ、馬場の趾が今野球のグランドになっているほとりも過ぎ、本丸下の石垣が崩れ、いまだに路の傍へころがった儘になっているところへかかり、それから古風な屋根をつけた高等女学校の裏手へ出、桜の花びらが、落ち松葉へのったり浮いたりしている濠端までできた。箱根の山に、遮ぎられる西の空は、かすかなあかね色つけ始めていた。

濠端の大通りを、裏路づたい、電車通りへ廻り、竹七が毎日ほど行きつけの「大正屋」と云う食堂へ這入った。たたきに並んだ、隅の方の、ニス塗りテーブルの上は、ほこりっぽくざらざらしており、チューリップの鉢植えがひとつ載っていた。

四本脚の、頭が丸く小さい椅子にかけるとすぐ、

「『光』を買ってきてくれないか。煙草屋は二三軒先にある。」

と、亭主気取りみたい、竹七は、黒いチャックの駄目になっているナイロンの紙入れから、五十円札を出していた。

「はいッ。」

と、花枝も、弾みのついた返事のしようであった。小急ぎに、食堂を出て行き、戻ってくると、煙草の箱の下につり銭くっつけ、テーブルへ置いた。つづいて、下げてきた、ビニールの包から、紙にくるんだものをとり出し、

「これ、ポケットへ入れて行って。」

「何んだね。」

「ゆで玉子なの。近所から貰ったの。生みたてだから持って行って。」

「子供にやればいいんだよ。」

註文した、焼飯が来たところで、竹七は無器用な手つきで、銀色の大きな匙を握り、すくったものを、口の中へ入れると、奥歯が上も下も揃って抜けてしまっているので、馬がそうする時のように、もぐもぐ動かし、たべにくそうであった。花枝は、三分の一ほど、辛いと云って、たべのこし、竹七へあてがったりした。

食堂を出ると、街筋はいつか黄昏ていた。

昔の濠が、一間幅の溝川に変っている裏通りへ、二人はかかった。

「これから、海岸へ出、海岸づたい、夕暮れの海をみながら小屋へ行こうか。」

「そうね。――砂浜はくたびれるでしょう。まっすぐ帰って、先生は少しお休みになって。」

と、花枝は細い、もの軟かい言葉遣いであった。

溝川には、家毎短かい橋が架っていた。板塀続きの向う側に、色の褪めた木蓮、白と赤が同じ木へ咲く桃、青くなった枝先あたり、いくらか花を残す桜など、いろいろ眺められた。ラッパ吹き吹きやってくる豆腐屋とすれ違ったりした。

車の慌しい、電車通りに来、そこを横切り、ネオンの光がきらめき出した盛り場へ這入って行った。神社、映画館、ソバ屋、パチンコ屋、のみ屋等と、家並のぼこぼこな通りを突き当って、ひょろ長い街灯に、簀の子ばりの屋根を舗道につなぐ商店街を右へ折れ、旧東海道を海の方へ向いて突き切り、だだッぴろい疎開道路を少し行けば、防波堤にほど近い、砂地へ建った、屋根もぐるりも黒ペンキ塗ったトタン一式の、みかけだけは大きい、竹七の棲居であった。

あけっぱなされてある入口から、梯子段を上り、上り切ったところへ下駄ぬいで、竹七は赤い畳の上へ、あぐらかき、ひと息という格好である。続いて花枝も上ってき、靴を竹七の下駄と並んでぬぎ捨て、畳へ横ッ尻となった。

「海がよくみえるわ。」

窓とも、観音びらきともつかぬ、トタン板が一枚分、あけっぱなしになっていた。そこから、防波堤ごし、夕暮れる海が一望された。油を流したような藍色の海面は、暗くなりかけ、二三点漁火が遠くに揺れていた。

「本当に静かね。」

と、呟き、溜息吐くようにして、

「借して。」

と、小屋にひとつよりない、花模様の座蒲団を、丸い腰の下へあてがい、花枝は景色にみとれるようであった。押入れの戸に背中当てがい、竹七は「光」を喫ったりしていた。

聽て、人の気はいがしたところで、花枝はトタン板を引き寄せた。立って行って、竹七はトタン板と柱を紐で結びつけ、同じ手間でマッチをすり、小さな板の上へ、釘をしん棒にして通っている太目のローソクへ火をつけた。十何年と使い古した、インキのあとなどしみだらけな、机のまわりが明るくなった。

くる途中、買った新聞紙の包の中の、蜜柑、バナナを出し、二人は口へ持って行き始めた。花枝は、曲った方だけ、たべていた。

「バナナは、めしの代りになるそうだね。南方へ行った兵隊は、そんなものばかり食って、いのちをつないでいたらしいね。」

「先生も、父島では、ずい分たべたでしょう。」

「いや、あすこには、あまりなかった。それに、親指大のものしか出来ないんだね。」

「そんな可愛いいのが。」

ものを喰う時は、ゆっくり落ちついており、あまり音などたてないような花枝であった。

「おとといの夜、あれから、タクシーに乗って帰ってから、安野に、そこにもついてる、ここにもあるなんて云われて随分困ったわ。よく紅のあと、なおして行ったつもりなのに、駄目だったのね。——あんなに酔うなんて、わたし近頃にないことだった。朝になっても、のどのところについているンの、頸にのこっているのッて、安野が云うの。」

夫に、そんなに云われ、云われぱなしにしているような女の性根を、いぶかしいものに思いながらも、手の方が先へのびて行って、竹七は花枝を抱き上げていた。白い、弾力のある、滑かな頬を、ところどころシミで黒ずんでいる、自分のそれにあてがいながら、

「安野君は、俺とあんたの間を、どうみているだろう?」

「解らないわ。」

と、花枝は、こともなげに、どうでもいいと云うみたいな口振りであった。

「この間、もって行った俺の写真ね、安野君にみつかりやしないか。」

「みつかった方がいいんだわ。」

と、花枝は、ややふてくされ加減であった。

彼の膝からおりると「光」に火をつけ、落ちつき払った喫い方始めた。

ふた口み口喫っては、いったん止め、又喫うのが花枝の癖である。煙草の火を、灰皿代りに

なっている、蕎麦色の茶飲茶碗のふちでもみ消し、一寸手持ち無沙汰にしている裡、

「先生、肩もんで上げましょうか。」

と、細い眼を一層まばゆそうに細め、常にない面持ちであった。

「ありがとう。――大して、こってもいないんだが。」

と、内心テレたりしながらも、竹七は上着をぬぎ、昼と夜とで色の変る、紺のワイシャツ一枚になり、くるりと花枝の鼻先へ、背中を向けていた。

「これ敷いて。」

と、相手の尻へ、座蒲団を廻すと一緒に、水仕事やまき割りで、皮は厚く硬いが、骨のしなやかな女の手が、贅肉のそげて、こちこちしている彼の肩先へ、まつわり出した。勿体ない、とでも云うかの如く、竹七の頸すじはだんだん前へのめり加減であった。

「わたし、下手でしょう。」

「そうでもない。」

「指先に力がはいらないから、駄目なの。」

「いや、ありがとう。もう結構。」

そんなに、繰り返したところで、花枝の手が離れ、上着を着終るや、今度は竹七がその役を受け持とうと相好崩したが、彼女は上体くねらせ、いやいやをし、二人は赤い畳の上へ抱き合った儘、犬の如く横たわった。

何度目かの口づけののち、

「子供は日まし可愛くなる。――だけど、先生を諦めることが出来ない。」

と、息はずませた。花枝の独白じみたせりふであった。

「先生が憎い。――こんなに、わたし好きになっているのに、本当に解ってくれないッ。」

と、花枝は、髪の乱れた額で、先方の胸倉をこづくようであった。

「そんなことがあるものか。重々、ありがたいと思っている。」

と、竹七は、棒でものんだような、ぎごちないもの謂であった。

「わたし、ひとりで死んでしまう。」

と、花枝は、呻くように云い放ち、片手で彼の頸あたりを、突きのけるしぐさである。その勢に恐れをなし、獲ものを遠巻きにするような、しどろもどろな格好で、竹七はただ女の胴中へ両手を廻していた。その裡、抱かれた花枝の四肢が静まって行き、ひっそりした云い方で、

「これでいいんだわ。――あしたもあることだから。」

と、夫あり、二児のある己の立場が、ようやく意識にのぼってきたような模様であった。胸から下腹へかけてふくらんでいるその体が、急にしぼみ、硬ばってきていた。

「ね、映画をみるのに、まだ一時間以上あるから、少し休んで行こう。」

と、竹七は、早速押入れの中から、安物だが新しい、亀甲型の青く染め出された綿毛布を、ずるずるひっぱり出し、あぶら水でよごれている手拭巻いた坊主枕を、海の方角へ置いたりした。

「いらっしゃい。」

上下色の異る背広のままで、竹七は横になった。次いで、別段ためらいみせず、花枝も縫いなおしのツーピース着たなり、彼の片腕に頭を載せる姿勢であった。もう一つの方で、竹七は毛布の端を握り、二人の体が、余すところなくその下に隠れるようにしていた。

度々の口づけであった。

白い、むっちりした頬を心持ち上気させ、うっとり眼はとじたなり、

「もっと、抱きしめて。」

と、花枝である。老いの哀しさ、竹七の両腕は、女を十分満足さす力に欠けるようであった。当惑気に、くぼんだ瞼を、ぱちぱちさせ、それでも彼は死力を尽し、懸命であった。

「ねえ、先生。」

「ねえ、先生。」

消え入るような鼻声まじり、やおら花枝は己が肉体を、持て余まし気味である。一昨夜、したたか花見酒に酔いしれ、女ばかりの席上から姿晦まし、竹七の小屋へ押しかけ、当人はじめ気がさしながらも、そうせずにはいられなかった振舞いが、今又酒の気なしに、繰り返されようとしていた。その折、女の要求に応じ切れなかった竹七は、今夜こそと、ひきずられ、意気込むふうでいて、その実矢張恐縮し、いざとなると、引き下るしかなかった。彼には、その場を一時繕ろう、生理的な自信すら持てぬようであった。

一つ屋根の下に暮しながら、夜になると家をあけ、別々の方面へ赴く、安野と花枝の仲には、夫婦の交りも中絶してしまっているかの如く、彼女の欲情は、まるきり捨身と云えた。息遣い荒く、身悶えしつつ、竹七のだしがら然たる体へ、のしかかってきたりした。

「花枝ちゃん。――聞いて。ね、近いうち、又湯ケ野へ行こう。湯ケ野へ、ね。今度は、新婚旅行の意味で、ね。解る？」

と、竹七も、苦しそうに、息ぎれのていである。眼をとじたなり、花枝はかすかに、頷いてみせた。

「行って、今度は、あまりお酒は飲まないことにして、ね。落ちついた、静かな、気持になって、ね。」

と、そこはとしらしく、噛んで含めるように云うと、聞手も大体得心したふうであった。

「俺は、いつでもいいんだ。あんたの都合次第だね。ひと晩泊りね。――都合して、ね。」

「ええ。」

と、云って、花枝はちんまりした、蕾のような口もとを、解くようであった。

「新婚旅行」云々などは、竹七のその場のがれの遁辞《とんじ》と聞けないでもなかった。正月末、旅先きで花枝を抱いてよりこの方、朝に晩に、竹七はそのことを考えてきたようでいて、今に彼女と結婚して悔なしと云う、最後の結論を得ずじまいであった。仮に、相手がそれを望み通したにしろ、自らの年齢、長年独身を通してきた気質その他に鑑み、遠慮、辞退すべきだと、心に描いていた。まして先方は、二人の子かかえるひとの母であり、七年間連れ添った夫をもつ人妻であった。あれこれ、計算すれば、よし女が承諾したにしろ、花枝との結婚などは正気の沙汰でなく、破滅は目の前にぶら下っているようであった。したが、娼婦のそれより殆んど知ることなく過ごしてきた五十男が、思いがけなく味わった素人女の唇は、当人以外知るよしもないような、値打ちあるものらしく、不義をみすみす承知の上、今日まで花枝との交情を続けてき、彼女もまた、彼に相当目をなくしている節もうかがわれるところから、彼等の関係は如何なる形をとるにもせよ、何時果てるか、一寸見当つかないようであった。

「安野君に追い出されたら、いつでもくるんだね。ちゃんと、腹の中では、その用意してあるんだ。」

と、これまで、度々にわたり、女にきかせていた。竹七の十八番《おはこ》であった。

「ええ。」

と、花枝は、静かに頷いていた。夫である男が、彼女と竹七の交渉を、だんだん腹に据えかねた揚句、最後の宣告下したその際、女が飛び出してきたら、いつでも引き受ける覚悟を、当然竹七も持たないではなかった。その期に及んだら、その時はその時と、先へ行って、どんな不幸にぶつかろうと、頓着すべきでなく、まかり間違ったら、二人して死んでのけるまでだと、多寡をくくっているようであった。

「くる時は、子供も一緒にね。」

と、これも、花枝には、耳にタコであった。

「わたし、先生のところへ、子供を連れてくる気はない。」

と、花枝は、今に始めてきっぱりした口つきであった。その裏には、子供を捨ててまでして、竹七と一緒になるなど、考えたこともなく、恐らくそれは出来ない相談に違いない、と云う意味が織り込められているらしい。二児を、安野の許へ置き去ることは、いずれ彼等を、義理ある女の手に委せる所以の、自分が四歳の時から継母に育ち、その辛さを骨身に沁みて味わいつつ大きくなった彼女には、迚もむずかしい芸当であり、子にひかされ、いやでも今迄通り、子の父親と共に行くしかない花枝の運命、竹七との間が切れないとすれば、旦那と妾の関係みたい、妙な工合でしかないようであった。

依然、人妻の地位におり、自分とは間々ほどほどに逢い続けて行く、そんな註文通りうまくことが運べば、どっちころんでも、大して痛い目にあう気遣いなく、いっそその方がこっちの分相応、気が楽だ、と花枝のきっぱりした挨拶きいて、そうとって、竹七は何か肩の重荷が軽くなった思いであった。妾みたいな位置におり、若い女とつながる卑屈さ、ものほしげな浅ましさも、どこかぼけているような彼の頭にはピンとこないふうであった。

ややあって、竹七を抱く手に、また力がこもってき、

「わたし、何時までも、こうしていたい。」

と、花枝は口走り、関節などぽきぽき鳴らしたりし始めた。

「時間」と云うものが邪魔みたいな女を、彼も一心に抱きしめた。ほてる花枝の頰へ、白いあご鬚の尖りを気にしながら顔をこすりつけ、感に堪えないような塩梅式である。竹七如き者に、たとえいっ時、半時にしろ、また情熱のたちはどうであれ空腹にまずいものなしの、こうまでとりつく女がいとおしく、かたじけなく、殆んど合掌せんばかりである。先の知れた男は二度とないためしと心得るようでもあった。

「わたし、先生の分別臭いのがくやしい。」

と、云って、ひとつ息をして、

「又、わたし以上、愛された女があるのがくやしい。先生の若い時に。」

と、竹七の頸のつけ根に、額を押しつけ、花枝はむずかり気味であった。

「そんなこと、どうだっていい。——じゃ、あんたにも、俺以上好きになった男はないのか。」

とし甲斐もなく、竹七は逆襲し出した。これに、花枝は返答なし得なかった。俄に立ちはだかる、うそ寒い空気を、二人の傍から押しのけるように、

「過去は切り捨てるんだね。過去は、時と共に、過ぎ去っているんだ。——恋愛には、新しさが、いのちだ。」

と、芝居もどきの文句を口外する竹七の言下、花枝は納得いったように瞼で頷き、

「わたし以外の女、好きにならないで。」

「俺を相手にしてくれる女なんか、外にいるもんか。」

「若し、そんな女出来たら、先生を殺してしまう。」

と、三分の一位は、実のありそうな、花枝の切り口上であった。

「わたし、よほど淫な女なのね。――先生の夢、随分みるようで、あとで思い出せないものばかりなんだけど、ひとつ覚えているのがあるの。」

「云ってごらんよ。」

「はずかしいわ。――云っても軽蔑しない約束して――」

「どんなことを云っても軽蔑しない。――俺なんか、そんな資格のもうなくなっている人間なんだ。」

「あのね、先生がわたしを『抹香町』へつれて行くの。わたし、隣りの部屋で待っているの。――そんな夢みるなんて、淫な女だと思わない？」

「そうは思わない。――あんた、情が濃いいんだな。」

「よく云えば、ね。――『抹香町』へ、この頃、いらっしゃらないの？」

「このところ、ずっと行かないね。あんたを知ってから、あすこが段々つまらなくなったんだ。」

「無理しないで、いらっしゃればいいのに。性欲は性欲だ、なんて云っていたでしょう。」

「ちっとも、無理じゃない。自然につまらなくなったんだ。――あんたのおかげで、大分経済になった。フ、フフ。」

「かまわずいらっしゃればいいのに。――でも、行っちゃ、いやだな。――先生、行かないで。

あった。

ね、行かないで。——」

と、花枝は、言葉の裾をはし折りながら、竹七の胸もとへ、顔を隠すような身のこなし方であった。

三日目のことである。

竹七は、例の如く、老眼鏡かけ、ビール箱の机に向い、ローソクのあかりで、雑誌を読んでいた。例の八時を、一寸過ぎた時刻で、あたりはひっそりしており、波の音がかすかに聞えるばかりであった。

と、疎開道路の小砂利に、低い靴音がし、小屋のまわりを廻って、入口の方へ来、コトコト戸をたたくようである。ローソクたて持って立ち上り、竹七は梯子を降りて行き、

「どなた?」

と、云うと、やはり花枝の返事であった。

二人は、花模様の座蒲団を挟んで、差向いの位置に坐った。竹七は、ちゃんと膝頭をくっつけ、花枝は横ッ尻であった。

「あれから、先生、歩いてお帰りになったの? カゼおひきにならなかった?」

「酔っていた勢で、ひと息に歩いてきたね。でも、半時間以上かかっただろうね。」

「わたし、帰ると、うちの戸がしまっていて、鍵がかけてあるの。蜜柑箱をもってきて、踏み

台にして、手を戸の間にとおし、どうにかあけてはいったわ。安野は寝ていたの。わたし、着換えて、子供の間にもぐりこんだら、ワッと大きい方が泣き出し、それで安野も眼をさましちゃったのね。わたし、十時半のバスで帰ったと嘘いったの。十時半なら、起きていたと云うのでしょう。それから大変だったわ――」

と、花枝は、語尾をぼかし、満更悪くもなかったような、思い出し笑いを、ふッと浮べるようであった。あとになって、竹七と花枝は、又のみに出かけていたが、喫茶店のテーブルで、盃を干す裡、彼女は自分の眼のふちが黒くないか、などと手放しで、竹七にはかったりした。聞きたくもない、と云うように、竹七が眉の間に、深い皺を寄せてみせると、花枝は気転利かして、さり気なく、

「それから、わたしに、いやなことばかり云ってるの。今夜も、子供が熱出しているのに出かけて行く、話にも何もならないなんて、つけつけ云ってたわ。――でも、わたし、図々しく、きちゃった。フ、フフ。」

花枝は、ビニールの包から、新聞紙にくるんだ蜜柑を取り出した。小屋訪問の場合、十時過ぎに現われ、上らず、ものの十分といないで引き揚げたあの時以外、手ぶらできたことのない女であった。

「いつも、そんな――。子供へ持って行ってやりなさいよ。」

「いいの。たべて頂戴。」

シュン外れの、皮のたるんだ大きな果ものが、竹七の手へ渡されていた。

「服、出来たわ。」

と、細い眼を時めかせ、円い童顔じみた顔を余計子供ッぽくして、花枝は和服のコートをなおした、白ッぽい上着をぬぎ始めた。その下に、濃紺のワンピース着ていた。折襟で、黒い地味な釦《ボタン》、別に飾も何もない、さっぱりした仕立であった。

花枝は立ち上り、机の傍へ行き、一寸マネキン然とした格好で、腕をのばしたり、下げたりした。

「どうかしら。」

「いいよ。女教員のようだな。」

上背なく、ずんぐりな、胸や腹部の出ばった体に、新調の服は、アッパッパの如く、見栄えがしなかった。

もとの位置に坐って、

「女教員のよう?」

「きちんとしていて、無駄がなくていいよ。」

「お友達が作ったんで、何んだか、自分でも、あんまり気に入っていないんだけど。」

親許から夫婦の服でもつくれと送ってきた金は、大半安野にのまれてしまい、二児の外出着に、彼女の服地を買う分だけ、どうにか残ったのであった。

「襟もとへ、ひとつ派手な釦でも、とっつけるんだね。」

「どんな色のがいい？」

「さあ、服が紺だから、白でも卵色のでも。」

「先生、買ってくれる？」

竹七が、承わりました、と云う顔みせると、人の妻、子の母でも、数え年二十五歳の女は、そのとしらしい眼色の光らせ方であった。

「光」を喫い出し、机の向う側に一列並ぶ、書物の方へ視線をくばったりしている裡、

「先生の本、何か貸して？」

と、花枝である。

「うちにある、先生の雑誌の小説、みんな暗唱してしまったわ。」

「俺の本なんか、持って行っても仕方ない。みんなババッチイよ。」

と、竹七は、ややむきになっていた。馬鹿の一つ覚えで、己のしたこと以外は、滅多書いてない自作を、女に読まれるのが古疵《ふるきず》にでも障られる思いらしかった。

「過去は、切り捨てるんだね。」

と、竹七は、煙ったそうな顔つきである。

「わたしには、過去しかない。」

と、花枝は、重い、思い入れである。女の云う過去の内容が、目の前を掠め去り、竹七は鈍

い痛みとも、疼きともつかぬものを覚え、所在なげに、煙草を口へ持って行った。

「『抹香町』へは、いらっしゃらないの。」

と、花枝は、さわらぬていで。

「う。――前々、云った通りだ。」

「いらっしゃればいいのに。――雪子さん（竹七が馴染の娼婦で、よく『小説』へ出てくる名）が、待ってるでしょう。」

「あの女のところへは、あんたを知ってから、行けなくなった。面映い感じでね。」と、云って、多少鼻白ませ、

「あんたのおかげで、このところ、安上りだよ。ハ、ハハ。」

と、竹七は、いっそ吐き出すような口つきであった。半分程で「光」を灰皿代りの茶飲茶碗へさしこみ、

「おいでよ。」

と、口尖らせながら、竹七は両腕のばし、花枝の胴の詰った円ッこい体を、かかえこみ、ひっぱり寄せていた。さしたる抵抗なしに、膝の上へ載ってきた女は、

「重くない？」「ちっとも。」

ヒビのいったような唇が、再三にわたり、紅さす口もとへもつれるようであった。

聽て、花枝は、聞きとりにくい小さな声で、

「先生、あのこと。」と、ひどく云いにくそうである。

「あのこと。」「あのことッて、何んだね。」

「はずかしいわ。」

「あんたから、いろいろきいてるから、見当つかないね。」

「あの、旅行のこと。」「ああ。」

「取消して。」「ああ。」

竹七は、うつろな、承知の返事であったが、眼の中へ一寸ゴミのはいったような勝手も味っていた。

「ゆっくりして、のみに行こう。そして別れよう。」

「ゆっくりしていられないわ。十一時のバスで帰らなくちゃ。——帰りがあまり遅くなると、出にくくなるわ。わたし、一週間か十日目に逢えばいいなんて、もういっていられなくなっているの。」

「じゃ、これから、送りがてら、一杯やりに行こう。」

「いいの。先生、おやすみになったら。」

「まだ、九時かそこらだろう。」

「わたし、お床敷くわ。」

「そりゃ、有難い。敷いてくれれば、帰っても、寝るだけの手間だ。助かるよ。」

立って、竹七は、机の傍へ退き、花枝は押入から、敷蒲団、亀甲模様の綿毛布、綿が千切れてところどころ穴のあいた掛蒲団、竹七の亡父母が用いた使い古しの羽根蒲団等、順々に出して、のべたり敷いたりして、彼の指図は大していらぬようであった。人妻らしい、まめまめしい手口に感心しておればいいようであった。また、竹七のものになる女など、先へ行ってもなさそうであった。

「掛蒲団の綿、打ち直しに出さなきゃ駄目ね。」

「夏になれば、一枚でいいから、出すかな。——でも、解くのが面倒だな。あんた、やりにきてくれるか。」

「ええ。」

と、半分口のうちで云い、花枝は眼頭を痛そうにして、竹七の五十面に、暫くみいるようであった。

白ッぽい上着を、紺のワンピースにひっかけ、靴を穿き、杉の駒下駄をなおし、ビニールの包かかえ、竹七がさし出したローソクのあかりで、花枝は梯子をあぶなかしく降りて行った。

上と下とは別々な、茶の上着に黒のズボン、コール天の古足袋穿く竹七は、色の褪めたジャンパーをかかえ、ローソク消して、勝手知った暗い梯子を降りて行った。

四月のなかばの、降るような星月夜であった。女のあと追い、竹七はすたすた、小屋のまわりの砂地を歩いて行った。——どうやら、花枝は元の鞘へ納まるものらしい。丸々とは行かないまでも、夫婦の仲が断ち切れ、二人の子供が継親の手にかかるような面倒は、先々起る気遣いはない。――自分は、さしずめ妾か、ツマか、そんな役どころを、いっそ似合いとして、八幡の藪から抜け出したような寛ぎ、肩の軽さに、竹七の脚先は、さくさく弾んだような音を小砂利の上へたてていた。

花枝に、追いついたところで、半分冗談めかし、

「こんな関係を一生続けるか。」

と、彼よりひとまわり小さい女におっかぶせると、

「それで、満足なの？　――先生は、すぐ飽きてしまうと思うわ。」

と、花枝は、言葉尻りつり上げていた。

「さあ、どうだか。先のことは解らない。――人間、何によらず、先のことは解らない。」

竹七は、肩先振り振りズボンのポケットへ両手を突ッ込み、早脚であった。

旧東海道の、だだっぴろい通りへ出た。

例により、駅前の喫茶店で、日本酒と云うことになり、盃を重ねる裡、みるみる赫ッ面をまっかに染めた竹七は、今しがた小屋を出てきた時とうって変り、人間がいっぺんに十も二十も若返ったみたい、花枝に向って、旅行の中止、過去云々等、今度は彼の方から取り消しを要求し出した。これを、一議に及ばず鵜呑みにする花枝も、酔いがまわりかけ、もともと細い眼が一層糸のように水ッぽくなっていた。又、急に、二児のことが胸もとへつかえてくるかして、

「生まなければよかった。——もう誰の子も生まないッ。」と、歯ぎしりするように、唇を歪めたりした。

十二時の最終バスに、もう一寸で遅れるところであった。

翌日は、五月ばれに似た、上天気であった。近所の漁師長屋の井戸端で、暫く振り、竹七は肌着のシャツなど、ゴシゴシ洗濯していた。

——二十八年四月——

東京にて

花枝は、夫の許しを得、竹七と日帰りで、東京へ行くこととなった。二人は、小田原を、九時十分発の電車へ乗っていた。

自分であんだ、半袖の小豆色したセーター、紺のスカート、ナイロンの靴下に、中ヒール穿き、小柄で、ひきしまった細面の造作もちんまりしており、どこか娘のようなところもうかがわれる花枝は、これが四つに二つの子供のある人妻とは、一見したところでは受けとりにくいようであった。

青っぽい背広の上へ、鉛色のジャンパーひっかけ、色の褪めた卵色のワイシャツ、よれよれのネクタイ、兵隊靴穿いて、無帽の頭髪には、てっぺんまで白毛がまじり出し、殊にもみ上げあたり深い霜がきていて、五十三歳という竹七の年齢は、争う余地がないようであった。

どこか、田舎者然とした格好の、親子づれとも見紛う二人は、三等の座席へ、差し向いにかけていた。竹七の隣りは、大きな下げ袋をあけたりしめたりしている、四十がらみの、アッパッパめいたワンピースに、白い靴下穿き、その上へ足袋に下駄ばきと云ういでたちの女であった。

花枝の隣りは、ちゃんとした黒い背広、赤皮の短靴も光っており、一分のすきもない、会社員風の男で、なぜか黒い眼鏡かけ、手にしている雑誌の方ばかり向いていた。

竹七と花枝は、別に浮いたふうな顔つきでもなかった。この頃は、月三四回より、逢うことがなくなっており、二人の間にひと頃のような、とりのぼせて、熱々といった気配も大分薄くなっていた。今年の正月末から、彼等は夫の眼を盗むような交りに陥って、三月四月の花時には、文字通り三日にあげず、と云った形だったが、夫や子供を捨ててまで竹七の許へ走るほどの発展もなく、竹七の方でも、そんな無理してまで、女を自分のものにするひたむきな心にもなれず、彼等の仲はよく云えば即かず離れずの、とかく要領を得ない中途半端な格好で今日に至っているのであった。

竹七と花枝が、最初東京へ出かけたのは、四月の末近くであった。その折、うまい工合に、やはり差向いにかけたところで、花枝は窓のところへ左肱のせるように、小さな体のり出し、うきうきと喋っていた。二人して北海道へんまで行けたらどんなにいいだろうとか、そんな遠っ走りを目の前に描いたりしていて、竹七も相当弾みのついた気持で、乗り気な様子であった。喋ったり、同じ袋の菓子を喰ったり、煙草を喫ったりして、外の景色もろくすっぽ眺めず、時間のたつのも忘れていたようであった。

小田原から、東京までざっと二時間足らず、かかる。今度は、二人の間に、話しが滞りがちで、どちらも口が重く、眼の裏から相手の顔つきうかがうような工合でもあるらしかった。竹七が出してすすめても、花枝は「光」を受けとろうとしなかったりした。何か、ぶすぶす燻《くすぶ》っているような雰囲気を、互いに目の前に感じている裡、電車が品川へ着いていた。新橋近くで、竹七は腰を上げた。続いて花枝も立ち、電車が停ったところで、別のホームへ行き、山手線に乗り換えた。

御徒町《おかちまち》で降り、近くの松坂屋の食堂へ這入り、二人は外食券づきの鰻めしなどたべた。コーヒーものんだりして、エレベーターでくだり、外へ出て歩きだすほどに、ぽつりぽつり雨が落ちてきたりした。

六月のなかばの、梅雨空の下を、上野公園へと、さしかかって行った。途中、竹七が一本の闊葉樹《かつようじゅ》指し「これがマロニエという木だ。」と云ってきかせたりした。有名なパリーの街路樹の名だけは、花枝も承知していたようであった。満洲の高等女学校を卒業し、終戦後家族と共に内地へ引揚げてき、夫の安野と一緒になり、結婚して既に六年たっていたが、その間文学本その他読書癖は依然として続いているようであった。

花枝には始めての、博物館へ二人は這入って行った。階下の、第一室に立ち並ぶ仏像からして、彼女の眼を奪うようであった。

参観人もごく少く、ひっそりした室々を、ゆっくり見物して行った。

印度サラサの前に、二人して長いことみとれて立ち止ったり、日本画の傍で、その絵の有名なわけを説明する竹七にうなずき、にこにこ花枝がしていたりした。好きという点なら本職の如きものになっている小説より、美術殊に絵画へ心の傾き易い竹七だったが、花枝の感受性も中々細かく鋭いところがあるらしい。不思議に、好きな油絵が一致しあったりして、顔を見合わせる工合でもあった。ゲーテに「愛人と一緒に美術をみて廻るにました快楽はない」と云う言葉があるそうであるが、竹七はさしずめこれだなと、内心深く悦に入る模様であった。ペルシャのしゃれた色彩の皿を、ガラスごし棚の中にみつけ「こっそり盗み出してやりたいな。」と云って、肩を並べてのぞき込んでいる花枝を顧ると、彼女は早速同感と云った旨を眼頭につけ、彼の顔を撫でるようにしたりした。

廊下へ出て、北に向く窓際へ廻ると、そこから長い煙突が四本、揃って並んでいるのが、灰色流した空の下に、遠く眺められたりした。たしか、その煙突のひんぱんに出てくる映画を、二人は先達みていた。あれだ、あれに相違ないと、彼等は両方とも五尺をあまり上下しない体をのばし、都会の北の隅あたり、眺め見渡したりした。一室のこさず、丹念に見物し終り、博物館の建物を出、砂利路へかかると、遅れていた花枝が追いついてき、うしろから竹七の手先を握るようにしたりした。

並んで、近くの表慶館へ這入って行った。彫刻、日本画、油絵等々揃っており、少年の日、画家たらんと思ったことのある竹七には、嘗つてあこがれ、度々見てもいる明治・大正の名画が、ずらりと光彩を放っていた。花枝は、中村彝《つね》作「エロシェンコ」に殊の外魅せられたようであった。

たっぷり、二時間以上費し、多少鑑賞に疲れた体を、彼等は裏手の食堂へ運んだ。日本茶に和菓子などとり、暫くくつろいでいた。

そこを出て、博物館の廻りをめぐり、ある古寺の入口から、その中へ這入って行き、

「あそこまで行ってみよう。崖の下から、東京がよくみえるんだ。」

と、竹七はそのあたりを指さした。

「今日はゆっくりしていていいんだろう。」

と、おずおず、花枝の顔を読むようである。博物館や、表慶館の中にいた時と違い、外の空気を吸い出してから、彼女の顔色が大分硬く変ってきていた。いったいに、表情に乏しい、笑っても歯や声をめったにみせたり出したりしない、細い眼だけでさまざまな感情のそよぎを示すふうな、まま母育ちの花枝でもあった。

「ゆっくりしていられないの。」

「どうしてだね。」

「五時までに帰ってこいって云い渡されてきているの。出がけに、先生へそれを云ったら、先生の気分をこわしてしまうと思って、だまっていたの。」

「たまの東京行なのに、五時までに帰れは、安野君もひどいなア――」

「それまでに、帰ってこなければ、俺も子供をほっぽり出して出かけてしまうと云うの。」

「ふーむ。子供をほっぽり出して、ね。」

「今日、先生に東京へつれて行って貰うのは、前から解っていたし、自分でもそれを承知しながら、夕方からひとと逢う約束してしまっていたの。――そのひとと云うのが、頭髪のうしろの方をかり上げにした女医さんなの。安野は、この頃、大分親しくしているようなの。」

「そんなへんな女と逢う約束してあったってかまわないじゃないか。二時間や三時間、遅れて帰ったっていいじゃないか。」

「わたしはかまわないけど、子供が心配だわ。意地悪なところもある人だから、わたしが帰ってこない腹いせに、子供を二人共、ほうりっぱなしで出かけてしまうかもしれないわ。」

と、花枝は眼頭白ませ、俄かに帰心募るようであった。そんな様子に、竹七はさきほどまでの、ゲーテ流な最高の快楽にあやかっていた夢心地から、いっぺんに地獄の底へ、たたき落された寸法であった。

花枝の強情は、とくと知るところであり、如何とも手の施しようなく、先きに寺の入口の方向き、歩き出した彼女のあとから、竹七もしっぽを垂れた犬みたいについて行った。

大きな、苔のついた石灯籠が並ぶ、博物館の横手へ又戻っていた。

「やはり、子供は気になるんだね。」

と、竹七は、多少恨みがましい、口の利き方であった。彼の面持ちとは反対に、花枝は眼の先をほころばせ、

「小さい方も、この頃、まんま、ちょうだい、なんて云うようになったわ。」と、沁々《しみじみ》していた。

「つながった言葉は、まだ云えないし、わたしもよく教えないからいけないいんだけど、いろんな単語は云えるようになったわ。」

「可愛いんだろうね。——ま、その話は、止めにして呉れ。」

と、故意に、そっぽう向き、肩先いからせ、竹七は足をはやめていた。

美術館らしくもなく、赤煉瓦でいかめしく固めた、四角な建物の傍を通り抜け、動物園の入口前も過ぎ、少し行くと、柵の内側へ、玩具の汽車が走っており、無蓋の箱の中へ、子供達がのり合い、小さな手を振っていたりした。運転台には、猿が控えており、したり顔である。猿の運転手を面白がり、花枝は柵へしがみつき、暫くは離れ得ないようであった。

又、マロニエの木の近くへ来、その傍の石段を降り、小ぢんまりした立派な神社の前を過ぎ、電車通りへ出、そこを突っ切り、不忍《しのばず》の池の中へ歩いて行った。

戦災後、新しくなった、俄造りの茶屋のうら側に、腰かけて休めるところがあった。二人は、隅の方へかけ、小田原あたりでは口に出来ない、くず餅をたべた。甘党の竹七は、頻りにうまがったが、左利きの方である花枝は、皆までたべてしまえなかった。

屋根のように、枝をはっている藤棚から、雫がぽたりぽたり落ちたりしていた。

柳の並ぶ、池の中の堤づたい、歩いて行くと、濁った水のふちへ脚先投げ出し、くっつき合っている男女のたたずまいが、眼にとまったりした。花枝は、さそわれるらしかったが、竹七はまっすぐ歩いて行くばかりである。

口で降りた。

トンネルの中を走るような地下鉄へ乗り、近頃接収とかれて、新装成ったばかりの百貨店入

すぐ、エレベーターで七階へ上り、床の間風に仕立てたところへ、飾られた日本画、木彫を、二人は順々にみて行った。見物人も雑踏しており、並ぶ美術品も出来たてで、どれもけばけばしく、竹七は博物館や表慶館での気分を新たになし得ず、花枝もへんに改った顔つきで、みているだけのようであった。

一階下ると、そこはガラスの食器など陳列される場所である。いるところを始め、台所一つない雨もり勝手な物置小屋であるようなやもめ男などには、全然縁のない品々ばかり並んでいる。眼をおおうようにして、早速きびす返す竹七に、貧乏世帯はっていてもそこは女のことで、未練あり気な様子で、花枝は仕方なく調子合わせ、階段ばかり歩きづめ、一階まで降りた。思い切り悪く、そこで花枝は、ガラスのケースのぞきかけたが、竹七はかまわず行ってしまう。

表は、銀座通りであった。ふるみふらずみの空の下、ひと通りはやはり混雑していた。この前、二人して上京のみぎり、歌舞伎座の夜の部をみたが、その折入場する迄、三時間近く待たされたのにこりて、その方角へ脚は向わず、さればと云って、どこへ行ったら、格好な時間つぶし出来るか、竹七には見当がつかない。彼が小田原へ引き揚げる前は、降っても照っても、仕事の関係から、日に一度は、くたびれた背広姿で徘徊していた馴染の巷であったが、海岸の

小屋へひっ込んでから、既に二十年近く、近頃は年に四五回ほどしか、上京しなくなっている工合で、又としとるにつれ、だんだん都会の人ごみが苦になると云う塩梅式でもあった。

尾張町の四ツ角を、数寄屋橋の方へ行って、劇場、映画館等のたてこむ一劃《いっかく》を抜け、又電車通りへ出、間もなく日比谷公園へ這入って行った。電車、バス、ハイヤー、トラック等の地響警笛からやや遠のき、立木にかこまれた花壇に、赤・白・黄とりどりの花つけた草が、輪になり、縞になり、様々な趣きをみせていた。

やれ、やれと木かげのベンチへ腰をおろし、竹七は「光」に火をつけたりした。

花枝は、飴色の下げ鞄の蓋をおっ立て、小さな鏡に、もともと色のよくない顔を入れ、粉おしろいぱたぱたはたき始めたりした。手入れが済んでも、一向二人の間に話しが弾まず、一寸途方に暮れた駈落ち者同志と云った有様である。竹七が、先きに立ち上った。兵隊靴は、大分濡れており、余計重たくなっていた。半袖のセーター一枚では、花枝も肌寒さ覚える勝手であった。

「この近くに、常設の絵の展覧会場がある筈だったがな。」

と、竹七は、あたりをきょろきょろしながら歩いている。木の間に、ちゃちな休憩所や、バンガローがみえがくれしていた。

「わたし、もう絵は沢山。」と、花枝は、気がなさそうに云ったりして、

「四時頃でしょう。」

「そろそろなるだろうね。」どちらも、時計と云うものを持っていなかった。

「わたし、帰りたいわ。」

「今から帰る?」舌打ちするかして、尖り気味な口先を一層尖らせ、「折角、東京へきていながら、今から帰るって法があるものか。それに、六時まで位は通勤者で電車の中はぎしぎしなんだよ。」

と、竹七は、いきりたったが、花枝は気分が引き立ちそうにない。

「これから、どこかへ行って、ゆっくりめしを喰ったり、何かして帰ろうよ。二時間とかからない裡に着くところだ。——七時か八時の電車へ乗ればいいだろう。」

「ええ。」

と、花枝はあいまいな返事であった。

「どこかへ寄って、ゆっくりしよう。そうしよう。」帰りを急ぐ、女のこだわりを挘《むし》りとるようにして、竹七は急ぎ脚となった。

池の縁や、立木の下で、昼間から抱き合っている男女も散見されたりした。

公園を出、ひとごみの中を、尾張町の方向へ戻って行き、途中から横通りへ這入って行った。のみや、くいものや、菓子や等ごみごみ廂をつなぐところで、店先へ大きな紅ちょうちんぶら下げ、「釜めし」と黒い看板出す家へ、竹七は寄ろうとし、花枝をみると彼女はややためらい気味であったが、ずんずん先きに這入って行った。

構えどおり、店の中も安手で、粗末なテーブル、椅子もニス塗りの小さなものであるが、客は殆ど満員と云う盛況である。つかつか奥の方へ進み、一番どん詰りに、空いたテーブルみつけたが、もう一つ料理場に壁距てたところへ、隔離されたようになっている場所をみてとり、竹七の食指動くとみえたが、花枝はここでいいように、どん詰りの椅子へ腰をおろしてしまっていた。差向いにかけ、やってきた年増の女給に、ビールと釜めし註文した。竹七の言葉遣いは、角がありそうであった。

ビールがすぐき、栓を抜いたまま、女給が下ったところで、花枝は罎を持ち上げ、竹七のコップへ満たした。今度は、竹七が罎を鷲摑みにし、相手のコップへついだ。そこで、互いに、コップ手にして、眼頭を合わせるのが、型通り、二人の間に行われてきていたのが、相手かまわず竹七は、自分のコップへ口をつけるより早く、ひと息に飲み干してしまった。花枝は、あっけにとられ、余程遅れてから、コップを取寄せていた。

「釜めしが出来るとは珍しいよ。——あんたは、たべたことがあるかね。」ビールで、すべりが多少よくなったものとみえ、竹七はそんなふうに、ご機嫌とりの口をきき始めた。

「わたし、みたこともない。どんなの?」

と、花枝も、おもむろに、眼先を軟かくするようである。

「小さな、玩具みたいな、鉄で出来ている釜の中に、めしがはいっているんだ。そのめしに、ごもくみたい、ザル海老だとか、豆だとか、しいたけだとか、いろいろまざっているんだね。——まあ、ままごとじみたものなんだが。」

「珍しそうなものね。」

「珍しいし、変っているね。俺は子供の時分、小田原で一度か二度喰ったことがあるんだが——」

「釜めしと云う看板みて、郷愁を覚えたと云うわけ？」

「まあ、ね。」

ちゃんと、小さな蓋ものっている釜が、二つテーブルへ置かれた。竹七は、二本目のビールを頼んでいた。蓋をとって、釜の中をのぞきみ、花枝は気に入ったと云う面相である。

「そんなもの、のんでから、あとにすればいい。さア——」

と、竹七は、新しいビール罎を摑み上げた。酔わせて、こっちの云いなり通りに、と云うが如き企みもみえすく彼のすすめ方であった。

花枝は、その手にのらぬ気色で、ビールはいい加減にし、割り箸をとった。赤い小さな海老や、縁色した豆のちらつく、暖いめしをほおばり出していた。

「何んだ。欠食児童みたいだ。」

と、竹七は、まずい顔である。殆ど手酌で、ぐいぐいやり出し、三本目を註文していた。根が甘党の上に、血圧の心配から、日頃アルコール分はなるべく避けている竹七の、日に焼けた顔がみるみるまっかになり、眼の中まで染まってくるようである。

ゆっくり、落ちつき払って、釜めしつつく女を、いまいましそうに横眼づかいで、

「うまいかね。」

「おいしいわ。」

「空きッ腹だったんだな。——俺の分もついでにおやりよ。」

「いくらわたしだって、二人分は——」

「女の腹は縮緬腹というじゃないか。詰めれば、いくらでものびるそうじゃないか。」

「まさか。」と、花枝は、竹七の毒気を払ったが、相変らず手を箸から離すふうでもない。

「ああ、大分、酔ったようだ。」

と、ひとりごとのようなもの謂して、

「どこかへ行きたいな。——すぐ、電車へ乗って帰るなんか、いやだなあ、どこかへ行こうよ。」

「どこかへって、あてでもあるの。」

花枝も、たって、早急に帰りを固執しないようであった。

「そうさな。別にないんだが。——あ、そうだ。君栄のところへ寄ってみようか。」

突ッ嗟の思いつきであった。君栄なる女は、目下築地本願寺近くで、小さな料亭を経営している中年もので、彼女が嘗つて小田原で芸者していた頃、三文文士の竹七と、文学少女でもあった女とは、相当共鳴するところあり、しまいには竹七が熱くなり、先方がこれを振り切るという格好で納りついたが、その痕もとうの昔に乾き、時々上京する折、一度その門前まで行ったが、兵隊靴穿く手前などはばかったりして、今に思いをはたせずにいる竹七であった。

「歩いても、二十分とはかからない。行ってみようよ。ね、面白いよ。」

花枝は、彼と君栄との話を、かねて竹七からきかされていた。色の褪めた昔の物語は、聞き手には、別段痛くも痒くもなさそうであった。

「歩いて行くのが面倒なら、タクシーで押しかけるか。二人揃って行ったら、びっくりするだろうなア。」

「出し抜けだし、玄関払い喰ったり、居留守使われたりはしない？」

そんなに云い乍《なが》らも、花枝は腰を浮かし気味である。竹七へ、待合と云うものを見せにつれて行け、などとかねがねせがんでいるような、二十五歳の女でもあった。

「そんな心配はいらない。——俺一人、ぶらっと風来坊然と行くなら別だ。今夜はあんたと云うものが一緒だ。立派に箔がついていると云うわけだよ。大丈夫だよ。」

「そのひとの前で、わたしを何んと紹介するの？」

「うん。——ま、友達と云うことにして置くんだね。何ものだか、先様は目の高い玄人だよ。ひと目で見破るよ。——気にいったら、そこで又飲み直そう。」

竹七は、鼻の下長くし、いよいよおッちょこちょいに、とらぬ狸の皮算用であった。這入ってきた時とは別人の如く、気よく立ち上り、勘定済ませた。遅れて立った花枝も、目先を大分ちらちらさせ加減である。店の中の客は、追い追い立て込む気配であった。

表通りの、人ごみを嫌い、銀座裏の柳の並ぶ堀端づたい、歩いていた。竹七は、花枝のちくちくするセーターの肩へ、片腕まわし、自分よりひと廻り小さい女を、かかえるようにして行った。

その裡、花枝の脚運びが重くなり、肩先から、竹七の腕を振り払ったりし始めた。

「わたし、やっぱり、帰るわ。」

と、きっぱり、云い出した。まだみぬ、芸者上りの女将の顔や、築地の料亭などのぞく好奇心より、うちで待つ、二人の子供や夫が彼女の胸もとへのしかかってくるようであった。又、酔っている竹七と二人してそんな場所でどうなってしまうことか、とそんな不安も募るばかりであった。彼等は、相抱く度数こそ重っていても、主として竹七の分別臭い臆病さから、肉体上の関係は、まだ嘘みたいな仲であったりした。

「帰る？」

「ええ。子供も心配になるし、あまり遅くなってはいけないわ。」

「ふーむ。」

と、竹七は、呻り声、発していた。下手に引き止めても、無駄なことは解りきっていた。

「先生、一人で行ってらっしゃい。」

「馬鹿な、あんたを置いて――」

「先生の昔の彼女の顔なんかみたって、仕方がないわ。」

「はっきり云うね。」

竹七はあと戻りと云う仕儀であった。本願寺附近に、さして執着なく、花枝を抱きかかえるようにして歩き出していた。又暗い空からぽつぽつ落ちてきた。

あぶなッかしい足どりで、電車通りを横切り、花枝に手をとられるように、赤と緑の信号が明滅するところを駈け出したりして、新橋駅近くへ来ていた。

ひとひとが、ぶつかりそうになる店角も過ぎ、丁度駅の建物の袖にあたる、平べったい小さな百貨店の入口近くで、花枝は足を停め、

「一寸、買いものしてくるから待っていて。――先生は、めんどうで、いやでしょう。」

と、聞き手に遠慮した云い方であった。

「う、うん。」と、しどろもどろに、そんなに呟いてみせる竹七を、入口へ置き去りに、花枝はくるりと百貨店へ這入って行き、小柄なうしろ姿は人ごみの中にすぐ見えなくなった。

暫く、そこへ突っ立ったなりでいたが、彼は疲れてきて、大きな植木鉢の傍へしゃがみこみ、両腕をだらりと膝頭あたりへ置いていた。

百貨店へ買物に行く人と、店を素通りに通り抜けて、電車や地下鉄へ乗り込む人が、あとからあとから、ひっきりなしし、竹七の鼻先きを通り過ぎて行く。中には、じろじろと、まっかな酒臭い顔している五十男の顔を見おろし、のぞきこんで行く連中もいる。みな、みず知らずの縁なき衆生で、大して気にかけもしなかったが、そうこうしている裡、竹七はひどく孤独を覚え出した。中々、戻ってこない花枝まで、彼を見捨てて、その儘電車へ乗って行ってしまった

かと、心細がった。だんだんいてもたってもいられないような焦燥につかまり、いっそ築地本願寺裏へ、駈け出して行こうか、などとも思ってみた。が、結局、立ったり、しゃがんでみたりするだけで、大きな植木鉢のそばから三歩と離れ得ない。待てども、待てども、一向に花枝の姿はみえない。鼻先きを通りすぎる人数が、いたずらにふえて行くばかりである。

酔いにただれた竹七の眼に、不覚な涙がにじみ出した。その裡、小声で、途切れ、途切れ、唄を唄い始めた。ひと月ばかり前映画でみた、胃癌を病み、死期を宣告された老官吏が、行きつけない酒場で、ひとり口ずさむ歌であった。年格好はあまり違わない、そんな男の口まねするみたいにして、彼は皺枯れた声で「命短かし。――恋せよ乙女。」云々とうろ覚えの歌詞をぼそぼそ繰り返していた。――

半時間以上もたって、白いビニールの風呂敷包みかかえ、花枝が入口へ現れた。さっきまでとは、一寸様子の一変しているみたいな竹七に、花枝は眼もとひきつらせ、暫くはわが眼を疑うようであった。

きたか、――よかった、と安堵の溜息つき、しこりがきたような膝をのばし、竹七はよろよろ立ち上った。その前へ、一歩近寄って、

「お待たせしましたわ。――わたし、牛肉や鑵詰まで買ったの。小田原あたりより、ずっと安かったから。」

「道理で、長かったね。」

かかえている、風呂敷包の中身も重そうながら、それときく竹七の方も楽ではなさそうであった。花枝のあとから、天井の低い、百貨店の中へ這入って行き、ひとに押されたりして、ケースの前を行くほどに、花枝が足をとめ、ガラスごし、白い夏向きの帽子の数々へ眼を向けるようであった。日は過ぎてしまったが、かねて彼女の誕生祝いに贈物をと心がけていた竹七は、花枝にぴったり寄り添い、彼女の気に入ったらしいのを買って持たせた。あとになってみると、花枝も彼のために、緑色した櫛を一個求め、包の中へ一緒にしまいこんでいたのが解ったりした。

百貨店を出ると、ホームはすぐ上であった。下り八時五分の電車は、わりとすいてい、二人はどうにか並んで、腰かけることが出来たが、くる時同様、あまりどちらからも話しかけないようであった。小田原駅の改札口近くで別れ、花枝はその後、十五日ばかりたってから、竹七の小屋を訪ねた。

——二十八年九月——

唐もろこし

電車通りの曲り角で、ぱったり鉢合せしそうになった、男女二人づれに、竹七の顔はみるみる硬ばるようであった。

男は、としの頃、三十三四の、すらりっとした痩型で、青ッぽいゆかたに、駒下駄突ッかけていた。女は、五尺あるかなしの小柄で、白いブラウス、草色のスカート、これも下駄穿きであった。映画館の帰りと覚しく、女は大手振り振り、頻りとつれの男に話しかけている際中であった。女より、ひと廻りも、ふた廻りも上背のある男は、相手の言葉を軽く聞き流していたところで、ひょっこり現われた竹七に気がつき、心持ち日焼けした顔色を固くして、女にそれと目くばせするようだが、話に夢中なので、一向通ずる様子もない。

女は、今年の正月頃から、竹七とある関係を続けている花枝であり、男はその夫に当る安野であった。竹七が、その男を、まのあたりにするなどは、今が始めてであった。夫に飛びつくような格好して話しかけている花枝をみるのも、これが始めてであった。通りすがって行く、夫婦づれの顔へ、半々に横目向けつつ、彼のやせこけた五十面は、いよいよきしみ、ひきつり加減である。

角を曲って、簀の子の屋根をつなぐ、商店街の舗道を歩いてゆく裡、「あの女とはさよならだ」と呻き出す、内心の声を竹七は聞いていた。「さよなら」とだけ書いたハガキを送ろう、とあえぎ続けたが、その夜もその翌日にも、何等女宛の便りせず、いっそ愚図々々に、沙汰止みとなるようであった。

花枝が、夫の原稿をみせに、竹七の小屋を訪問したのは、昨年の秋の終り時分である。年を越すまで、三四篇の原稿を持ち運ぶ裡に、竹七は自分より三十歳近くも年下の、若い人妻に、だんだん魅せられるような模様となり、花枝の方でも、火鉢ひとつない物置小屋で、ローソクともし暮している、老いたやもめ男の身辺に、何か素通り出来ない勝手を覚えると云った塩梅の、正月末に二人して、夫の許可を得、奥伊豆のひなびた温泉へ一泊旅行してから、彼等はいっぺんに距てのない交りを持つような仕儀となり、三月四月の花時には、一週間に二三度逢うような双方ののぼせようで、しどけないふうていして、竹七の小屋から、やっと終電に間に合い帰ってくる花枝のたたずまいに、夫の安野始め、これはと度胆ぬかれ、慌て、すさんで、女が出かけたあと、家の中で四歳に二歳の子供の守をじっとしている訳にも行かなくなったり、「お前がそれほど行きたければ、俺も飲みに出る」と、そそくさ背広を着にかかったりして、以前に増し、性のよくないアルコール分ひっかける場合も多くなった。花枝と竹七が、眼に余るような交りを結ばない裡は、伊豆行を承諾したでんで、「お前に好きな男が出来ても、たって引き止めはしない。好きなようにするがいい。」などと至極もの解りのいい、開けたような口を利いていた男も、案に相違した妻の発展振りに、手の裏返したようなもの腰と変り、ぐでんぐでんに酔って帰宅したり、おどかしたり、又ただれた欲情に委せて女の肉体をもみ苦茶にするようなまねに及んだりした。これを花枝は、いちがいに自分への愛着ととらず、世間の手前、或いは意地ずくからの仕打ちとみていたが、やはり満更悪くもなさそうであった。一緒になって七年過ぎていて、素気ない位こっちを扱いがちだった手口に較べれば夫の強引さ乱行振りが、かえってはりあいとも知れたりして、昼間は兎に角、夜分は絶対に出すまいと構える安野の意向からも、五月六月時分になってみると、月の裡四五度より竹七の小屋を訪ねることがなくなっていた。又、一時はどうなることかと、とし甲斐もないわが身の眼のくらみ方に当惑していた竹七の、熱も追い追い醒め加減で、自然と花枝を諦めるふうな工合に落ちつきかけてきた。ひとのものを、横取りにする不始末はさて置き、両人の年齢の違い、生理的な距離が致命的と見做される上に、花枝の生んだ二児の処置、先の知れた自分の歿後等々、たぐり出せば、彼女と一緒になる無理の数々が、小山の如く眼前に立ち塞がり、殆んど手をくだすすべもないようであった。これは、身をひき、女を元の鞘に納めるが上分別、竹七の出現により、相当の痛手を蒙《こうむ》った夫婦仲が、今後無事満足に行くかどうか、少なからず懸念されたが、それを云った日には、きりがなさそうであった。何んとしても、彼女との同棲は避けるべきだ、とそれをひとり心の底にたたみ、守り本尊にして、彼は余震にぐらつき気味な自身をしこらせ、やせ我慢をはり、勝手知った娼婦のいる巷へも、折々出向いたりした。

映画に行く、用達があるなどと、夫の前でみえすいた口実つくり、多くは明るい裡、竹七を訪ねる花枝も、ひと頃程「先生のものになりたい」とか「先きに死なれては困る」とかのきまり文句を口にしなくなり、しても実感の薄らいだ口癖みたいなものに変色するようであった。一緒に海岸を歩いたり、人目のないところで酒をのんだり、抱擁しあったりして、満ち足りたような、足りないような顔つきして、夫の許へ戻って行く。帰りがけ、竹七が二人の幼児向け、土産ものをもたせるのもきまりのようになっていた。ほころびた寝間着を小屋から持ち出し、十日振り、かがってきたついでに、竹七と新家庭をつくり、毎朝味噌汁こさえたり、庭に朝顔の種蒔いたりしてみたいなどと、まるで生娘に還ったような夢を、未練がましく呟いて、五十男の眼を白黒させる向きもあった。

竹七が「さよなら」とだけ書いて出そうといきまいた夜から、一週間ばかり前の晩のことである。

幾度も、水をくぐった、ピンク色のワンピースの、腰から下の方を直しながら、花枝は身をおこし、ビール箱の机へ、もたれかかり、薄い肩先きでひと息した。

「マッチはどこにあるの？」

かすれ気味な細い声である。

「机の上へのっているよ。」

座蒲団を四角にしたものを、枕代りにしている竹七は、長くなったまま、ものうげな返事である。紺の、野暮ッたいワイシャツに、卵色のズボンは皺苦茶に縮み、バンドもだらしがなくなっていた。彼等は、暗くなる前に落ち合い、食堂でビールなどのんでから、酔いをかって小屋へやってき、既に二時間以上、たっぷりたっている筈であった。

小さな板に、五寸釘とおし、そこへさし込んである、太目のローソクの頭へ、花枝はマッチで火をつけた。それだけの明りで、古畳が二枚敷かれている場所は、あらかた足りるようであった。

「光」を一本つまみとり、紅の殆んどなくなった、蕾のようにちんまりと形のいい口元へ啣へ、花枝はローソクの火をうつし、ゆっくり喫い出した。あっさり粉おしろいはたいただけだった細面は、そばかすもほくろ一つない素顔のようになっており、かげった鉛色を呈している。半分ほど喫いのこし、彼女はうしろへ廻して、竹七へとらせた。それを、口へ持って行くと一緒に、彼も「どっこいショ。」と、爺むさく云いながら、十二貫とない小さな体を重たそうに起こし、バンドの位置をなおしたりし始めた。

柱の釘にぶら下る、可成しめった手拭を外し、花枝は顔から口もと、すんなりした頸すじまで丹念に拭い、終ったところで、竹七はそれを受けとり、渋紙色した骨ッぽい顔をごしごしやりかけた。手拭のところどころ、紅色にほんのり染ったりした。示すと、花枝はさり気なく、眼尻の尻上り気味な、細い眼で一瞥し、含み笑いであった。

本の上にのっている、ボール箱から四角な立鏡とり出し、机へ脚をおっ立てて、

「櫛は？」

「箱の中だ。」

皮がむけ、しんの出ている小さな乱籠から、彼女が嘗て買い与えた緑色の櫛をひっぱり出し、鏡へ顔を入れながら、花枝は髪をすきにかかった。油気なしの、うしろへ撫でつけて、先の方を縮らせた頭髪は、いくらかの赤味がさし、とし相当、たっぷりしていた。

前の部分の切髪を、指先で丸めて、そこが顔の造作中一番不細工な、詰り加減な、額半分を隠し、大体の手入れが済んだようであった。

「口紅をつけて帰らなくてもいいのかね。」

と、煙草すいすい、みていた竹七は、駄目をおしていた。下げ鞄も、風呂敷包も何も持たず、文字通り手ぶらで、映画へ行くと称し、家を出てきた彼女であった。

「いいわ。」

と、一寸円いあごをひき、きっぱり云ってのけた。竹七の先廻りした不安もやや薄らぐようであった。

ローソク消し、急な梯子段を降り、二人は揃って、黒いペンキ塗りの小屋から出て行った。

ひと雨きそうなむしむしする空模様であった。

五尺と少しある竹七と、五尺ない花枝とがつれだって歩くところは、うしろからみれば、似

合いの一対と踏めなくもなさそうである。夜も大分更け、ネオンの明滅する商店街や、柳の並ぶ色街も、ひと通りがごくまだらであった。肩と肩すれすれに、二人は口数少なく歩いて行った。

「この間の釜飯、おいしかったわ。——おこわをたべるようで。」

彼等は、その月の始め時分、東京へ行ってきていた。

「あの店、覚えている？」

「解っているよ。銀座裏の——」

「又、行きたいわね。」

「あんたの都合がつけば、いつでも行く。」

「安野は、あさってから、八月一杯、暑中休暇になるの。——この二十八日、三泊四日で、富士の裾野へキャンプに行くことになっているの。——留守のうち、ひと晩どまりで、どこかへ行きたいわ。」

「ふむ。——行っても、いいがね。」

竹七の方は、ふぐは喰いたいがさて、というような口つきである。

「ひと晩どまりなら、ゆっくり出来るし、遠くへも行けるわね。——又、湯ケ野へいってみましょうか。」

「湯ケ野はよかったね。——でも湯ケ野は、夏行くところじゃない。ずっと山の中か、海岸だね。」

「そうしたら、わたし秦野（彼女の両親の家のあるところ）へ子供をつれて行って、預かって貰ってくるわ。――毎年、暑中休暇には、十日か十五日位、そうしているの。」

「やはり親は親だね。」

「あととりの義兄さんは子なしだから、喜んで世話してくれるわ。――でも、わたし子供をつれて行くのが大変よ。――ふたりの子の手をひいてしまえば、何も持てなくなってしまうでしょう。」

「じゃ、何んだよ、荷物はリュックで背負って行くんだね。」

「ホ、ホホ……。まるでそれじゃ、引揚げ者みたい――」

近頃、コンクリートで舗装したばかりの道が、まっすぐ通っている裏街の、まぎらわしい女のいる、カフェの店先あたりもひっそりしており、野良犬のまごつくのが、眼についたりした。その通りを、右へ鍵の手に曲るところへ、映画のセットじみた小さな私鉄の停車場があった。石段を上って、改札口の上へぶら下る円い時計をみてくると、まだ終電に間があった。花枝は、ワンピースのポケットから十円出して、切符を求め、すぐ降りてきた。

「十分位あるわ。」

「じゃ、そのへんを少し歩いてこよう。」

停車場の横手の踏切り越え、国鉄のガードの下もくぐり抜け、片側は田圃、片側は少年刑務所の高い塀などつづく、暗いぬかるみ道を二人は歩いて行った。どこからか、虫のなく声がしてきたりした。

東京新宿へ通っている、急行電車の踏切りへかかる手前から、もと来た道を引き返した。花枝は、眼にみえて、口が重くなり、ふっと溜息をもらしたりしている。

「うまく都合し給え。泊りがけでどこかへ行ってこようよ。」

と、竹七は、ややうわずり気味な調子である。

「ええ。」

と、花枝は、先程までと相違し、あいまいな返事の仕方である。あしもとも、しどろもどろなものとなり、肩の方から崩れて、道の上へいきなり坐りこんでしまいかねないような有様であった。国鉄のガード下にかかる近くで、竹七は女のぐったりしている頸すじへ手を廻し、かかえ起して、傍の暗がりの方へつれこみ、唇を寄せると、彼女は始めの裡、二三度いやいやをしてみせたりした。

幅の狭い、ひとまたぎ位な、私鉄の踏切りを横切り、停車場の裾を歩いて、正面の石段前へ来てから、竹七は多少もどかし気に女の前へ立ち塞がり、

「気をつけてね。」

「おやすみなさい。」

花枝は、口ごもり、相手の視線にたえないように顔をそらせながら、眼もとへかすかな媚色つけ、向う向きすたすた歩き出した竹七を見送っていた。軈て、深夜に地響たてて近づく電車

の気配に、竹七が振向いてみると、花枝は路ばたに突ッ立ったなり、体を彼の方へ向け、頸から上を停車場の方向へひねり、放心したような面持ちであった。

黄色いはッぱが、ちらほらまじりかけた桜など並ぶ城址の濠端を、ぶらぶらやってきた竹七は、こっちへ向ってやってくる小柄な女に、とまるともなく眼がとまり、白いブラウス、草色のスカートへ注目して行くにつれ、だんだん花枝と解って、思わずぎくッとなるようであった。彼女の左隣りには、白のワイシャツに黒ズボン、ノーシャッポの男が歩いており、右隣りには彼女より大柄な赤いブラウスに青いスカートを穿いた娘がくっついており、三人は前の方を向き、やや急ぎ脚といった塩梅であった。

安野が、キャンプに行くことは行ったが、生憎秦野の義母が風邪ひいて、子を預けられない次第となり、彼とひと晩どまりの道行きは愚ろか、安野が帰宅すると、中々出にくくなるだろうからと云って、出しぬけ、花枝が竹七の小屋へ現われ、近所の世話好きな娘にみて貰ってきた、幼ない二人が心配と、おもてのまだ明るい裡、そそくさ引揚げて行ってから、約一週間ばかりたった今日であった。

夫と、並んで、やってくる花枝に、みつからぬ先、竹七は消えてなくなってしまいたいようないらだちを覚えた。が、忍術知らぬ彼には出来ない相談である。日があたっているのに、さしかけている洋傘で顔を隠し、彼等の一行をやり過したものかとも考えた。とつおいつしている裡、先方も竹七と知ったものらしく、その途端、花枝は頸の骨が折れそうになる位、顔を右に向け、保険会社、歯医者の建物をみいみい歩いてくる。バツの悪さの限り、と云った彼女の姿から、一寸も眼をそらさず近づいて行くほどに、竹七にもクソ度胸の如きものがすわって来、やおら顔のすじほころばせ、奇体な微笑を浮べるのであった。顔の向きを戻した花枝は、彼の顔つきの変りように、なお解せぬ感を買ったらしく、なるべく視線を合わせまいと、下の方ばかり向くようにして歩いている。安野は、竹七の笑った顔をみてとったところで、それまでの敵意ひそませた、造作の華奢な細長い顔に、人の好さそうなあいそ笑い洩らしつつ、歩いていた。それは握り潰し、ただ彼の眼は花枝の方へ釘づけのていである。軈て、両人の顔が、まともに合い、少しして花枝は、斜め左脚の向きを換え、夫の手前もかまわず、のこのこ二三歩寄ってきて、上体をかがめ「今日は。」と如才のない挨拶振りであった。はっきり顔で笑っていても、竹七の五体は金しばりにあっている如く、しなやかさを欠いていて、突ッぱった姿勢のまま彼等の傍を通り過ぎて行った。洋傘もさしっぱなしの、ふらふらと競輪場外車券売場の方へ赴くようであった。

つれの娘は、東京から遊びにきた姪で、三人は海岸や海水プールで小半日遊び暮し、食堂で丼ものを共にしたりした。手のかかる二人の子供は、昨日秦野へ預けてきたばかりでもあった。

ついでだから、竹七の許へ一寸寄ってくると、花枝は食堂の玄関先で安野達に別れ、その足で銭湯へ廻わり、さっぱりしたところで、髪形つくろい、薄化粧すませて出ると、外はかれこれたそがれ近くであった。まっすぐ足を運んだ海岸の小屋には、幸い竹七がいて、二人はすぐ近くの、花柳界の隅にある支那料理屋の二階へ上った。

青いへりのついた畳が、真四角に敷かれた中央に、色の褪めた小さな四脚の茶餉台がちょこんと置いてあり、三尺の床の間には、水色の花瓶に桔梗が生けてあった。まがい神代の天井が馬鹿に高く、ぜんたいがらんとした箱のような趣きの座敷である。

茶餉台の上から、柄のついた円いうちわをとり、東向きに明けはなされた窓際に、竹七は腰をおろした。心持ち尖った口もとを硬くしていて、胸に一物あり気であった。

白いブラウスから、日に焼けた、としらしくふっくらした、二の腕のつけ根までむき出しにしている花枝は、小柄な体をちょこちょこその方へ運び、持ち前の表情に乏しい、ちんまりした顔を一寸うつ向け、しなつくりながら、竹七と差し向いの位置へ、草色のスカート穿く腰を載せた。

まだ棒につかまり立ちしているのもまじる、柳の並んだ通りと、それのない通りが、ついそこで十文字になっており、あたりは古くからの待合、素人屋、戦災後今日に至ってようやく整った、料亭、芸者家、すし屋、見番等がでこぼこに家並をつなぎ、ネオンの看板が赤く白く点滅していたりして、酔客のざわめきも、三味の音一つない。

「いつか、上ったのは、あのお寿司屋の二階ね。」

と、花枝は、瓦屋根の大きな建物の方へ、眼頭を向けていた。

「そうだね。」

「あの時、わたし、はずかしかったわ。」

桜時のころ、二人はそこで五六本ちょうしを空にしたりしていた。片方の眼の悪い、顔見知りの年増の女中が、酢豚にビールを茶餉台の上へ置き、襖の外へ出て行ったところで、竹七は立ち上り、床の間と反対側の座蒲団へ、がかえのない体をどっかり置き、大胡坐である。

鍵の手に曲ったあたりへ、花枝も坐り、横っ尻となり、早速ビール罎を持ち上げた。コップにうけ、今度は竹七が罎を鷲摑みにし、彼女の手にしたコップへ、ビールを満たすと、相手かまわずひと息に、自分のコップを飲み干してしまうのである。始終をみていて、驚き顔の花枝は、好きなものを口先へもって行くのに、やや手間どるようであった。

半分のみかけ、又ビール罎を持ち上げ、竹七のコップへついだりした。

「先生、今夜はご元気そうね。」

「まあ、ね。」

と、竹七は、ふっきれないような面持ちで「ここの酢豚はうまかったね。」

と、先きに箸をとった。彼は、五十を過ぎる今日まで、そんな料理など、ろくすっぽ喰ったためしのない人間であった。

「わりとおいしいわ。」

満洲に生れ育ち、終戦後内地に引き揚げて来、それまでは金銭上の不自由ということをあまり知らなかった花枝の舌は、竹七のそれと大分へだたりがありそうであった。

さり気なく、胸の病いのきざしかけている女の、かすれ気味な、針に似た声で、

「お濠端で逢ったあと、先生どこへ行ったの？」

「うん。あれからか。」

と、竹七は云い、突ッぱなすように、花枝のせまい額へんをねめつけたりしてから、

「別に用もなかったから、ぶらぶら競輪の場外車券売場へ行ったんだ。」

「今どこかでやっているの？」

「花月園でやっているよ。」

「今日も損したの。」

「四五百円ばかりですんだ。半日、売り場の前でまごまごしていたね。」

箸に挟んだ豚肉は、抜けのこった前歯の上下だけでは、中々処置しにくいようである。へんなふうに、口の先の方ばかり、もぐもぐさせる竹七の、そんな喰い方を、みてみない振りしいしい、

「わたし達、姪が泳ごう、泳ごうとせがむので、プールへ行ったの。芋を洗うような人ごみで、大変だったわ。――こんなにまっ黒くなってしまった。」

と、花枝は、他意なさそうに、己が左腕あたり、撫でるようにした。

「そんなに大勢いたかね。——あすこは子供専用みたいなプールだ。」

と、竹七の口裏にはとげのようなものがみえていた。

「先生と、すれ違うとすぐ、先生をよんでこいって云ったわ。これまで、わたしがお世話になっているから、ご挨拶するんだって、くどく云ってたわ。」

「フン。お世話になり過ぎちゃってたね。」

煙草のやに臭い、前歯の上下を、口の外へほうり出すようにするだけでは足りず、小さな体をのけぞらせ、竹七は仰山な空笑いであった。

「あの時、先生、ニコニコしていたわね。本当に、ご機嫌そうだったわ。」

「あんたにぶつかったんで、ニコニコしたのだろう。よっぽど、うれしかったんだろう。」

そっぽを向いているように、そんな文句を云っていた。

眼色で、いろいろ感情のそよぎ示す花枝は、相手の眼の中をのぞきみ、他愛なさそうにしてから、

「先生、洋傘さしていたわねえ。——雨も降っていなかったのに、どうして?」

「朝方の雨で濡れていたから、ああやって、乾かすつもりだったんだ。」

「フ、フフ。」

分厚だが、ひきしまった口もとに、花枝は含み笑いである。

めった、声を出したり、歯をみせたりして笑わないたちの女は、四歳の折実母に死別してか

らこっち、ずっと義母の手で大きくなったと云う来歴の持ち主でもあった。

彼女は、多少居直り気味、竹七の顔をまともに瞶《みつ》めながら、

「あの時、先生、馬鹿にされたとは思わなかった?」

「安野君と並んで歩いていたところだったからかね。」

花枝は、眼で頷いていた。

「いや、俺はあんたをみかけたんで、うれしかったんだ。ただ、ニコニコしていたと云う訳だね。」

シラを切るのも大概になさい、と云うように、花枝は眼もと白ませつつ、

「人間にはプライドがあるわ。プライドがなければ生きても行けないし、ものなんか書くことも出来ないでしょう。」

と、斬り込んでいた。はてな、と云うみたい、竹七は太い猪頸かしげ、瞬間空をみるようである。電車通りの曲り角で、始めて夫婦づれにぶつかった時に較べれば、ずっと心の持ち方が楽だった今日の出会いを、改めて竹七は心に描いてみた。二度目である、安野の傍を通りすがる折も、さのみ嫉妬を覚えるふうでなく、いっそそのもちものに手を触れた自分のやましさが先立ち、先方の笑顔に顔をそむけた筈であった。

のんだビールが、もともといけない体内にまわり、既に渋紙色したその顔にも赤く出ていて、余計しんとうがしびれたようである。甲斐のなさに、竹七は頸すじを小刻みに振り振り、「いや、

どうもはっきりしないが。――何んだ、プライドの馬鹿にされたのと、そんな面倒臭いひっかかりはないんだね。俺は、花枝ちゃんをみたから嬉しかったんだ。ニコニコしたんだ。それだけなんだ。」

と、竹七は、彼女のそれによく似た、小さな、切れの短かい、ひとへ瞼の眼をよりより、一寸子供が駄々こねるような寸法である。聞き手は、いよいよ眼頭硬くし、それが正気のせりふかといぶかしげに、

「一寸の虫にも五分の魂だわ。プライドのなくなった人間なんか、人間じゃないんだわ。」

と、強情に、中々話を水に流してしまう様子をみせない。竹七も、ついワイシャツひっかけた怒り気味な肩先を起こし、

「それとも何かね。性根のある人間なら、夫婦お揃いのところを見せつけられたんだから、いい加減に、しッぽをまいて、引き下れッと云うのかね。――安野と一緒になって。」

と、刃向うもの腰である。

「わたし、生きている限り、先生のとこへ行くわ。」

そんなに、太刀先受けとめたが、黒眼こげつかせ、そのまわりへ、涙がにじみそうである。

参った如く、

「ありがとう。」

と、竹七も、いやに改まった挨拶であった。

二本目のビールがき、二人は互のコップに、液体を満たしあったりした。

「安野君には、あれは何んでもない『妾』みたいなものだと云って置くんだね。」

と、しらじらしい錆びついた声低め、相当卑屈な竹七の顔つきであった。

「妾」なる文句に、花枝は又利かぬ気らしく眼に角立てたりしたが、おっかぶせるように竹七は言葉をついで、

「俺は『妾』みたいなんだな。それが、分相応なんだ。『妾』だから、月に二度でも三度でも、あんたがあんたの都合のいい時、きてくれるのを、おとなしく待っていたんだ。これからもそのつもりなんだ。――自分から強要がましいことは云っていないんだ。」

「先生は、それで満足なの？　何度も云うようだけど。」

と、幾分切り口上で「私は先生のものにならなければ」云々とはつけ足さなかった。

「満足も不満足もない。何分こっちはお爺さんだからね。あんたは若いし、二人の子供もある。――こんなことは、あんたが安野君の原稿をみせにきた、そもそもの始まりから解りきっていたことなんだ、が――」

眼の中まで、まっかになった顔中顰めながら、竹七はコップへ手を出した。

暫く、二人の間に話の緒がきれた。

花枝は、白い安物の下げ鞄を膝もとへ引き寄せ、中から懐紙とり出し、静かに口もとの紅を拭いとるしぐさにかかっていた。竹七よりずっといける女の顔は、まだそれ程色づいてもいな

かった。

分厚な唇を、懐紙でこすりながら、

「先生、紅買って。」

と、上眼づかい媚びるふうである。

「ああ。――その中に、はいっていないのか。」

花枝は、頷いてみせた。嘘であった。

紅のあとが、こびりついた紙を、丸めて下げ鞄の中へしまいこんだところで、竹七は上半身のり出し、小さな花枝を横抱きにし、手許へ引き寄せた。

「最後のキッスだ。」

と、せっぱ詰った、金切り声発し、紅がなくなっても、軟かくほころびているそこらあたりへ、自分のアルコール臭い口を持って行った。

花枝も、一度調子をあわせたが、すぐ両手で、彼の胸のあたりを押しのけるようにし、

「行くと云ってるじゃないの。」

「最後のキッス」云々とは、一寸耳障りな、芝居気たっぷりのようでありながら、竹七のずっと心の奥底から、当人始め、それと気づかずに口走った本音のようでもあった。

突きのけられて、不承不承、竹七はもとの位置に胡坐をかきなおし、底の方にまだのこっているコップへ手をかけるより早く、いっそいそいそとした手つきで、花枝がビール罎を握った。

先方の、そんな風向きに気を持ちなおし、満たされたコップの半分も平げない裡、彼は立ち上り、今度は女も畳の上へころがり、自分も同じように伏せって、相手の頸すじへ両腕廻したりし始めていたが、前同様、ケンもホロロな女の身のこなし方であった。

腐り、しおしお茶餉台の前へ戻って、胡坐をかき、半泣きと云った面相の、同じく茶餉台の隅へ坐って、ブラウスの襟もとなどなおしている花枝の方は、強いて見もしないような、おあずけ喰った犬然とした格好で引き裂かれた声色つかい、

「何んと云っても、あんたは安野君と一緒に苦労すべき女なんだね。ちゃんと二人の子もある仲なんだ。下手なまねをすれば、子供までがまき添え喰う憂目をみる。——ここらで、こっちは潔よく身を退くべきなんだ。解っているんだ。だのに、こっちから『さよなら』と、どうしても切り出せない。——俺のような人間を、相手にして呉れる最後の女のような気がしているんだ。」

そこまで、ひと息に云って、一寸間を置き、

「俺は、よくよくの、生臭い、助平爺なんだなア。」

と、がくり頸筋折って、べとべとビールのこぼれた斑点もみえる茶餉台の上へ、竹七は視線を落すようである。

「先生。」

と、思い余った、花枝の声が、彼の頭の上でした。

「先生は、わたしがどんな女になっても、逢ってくれる?」

と、竹七のそれにかぶれたような、金切声じみた、殺し文句である。

軽い眼まい覚え、何を云ったのか、自分の言葉にも気がつかない、竹七の返答振りであった。

「子供は日まし大きくなって、可愛くなるばかりだし、この頃では安野を愛してもいるわ。だのに、先生が好きなの。——どうしてだか、自分でも解らない位、好きなの。」

花枝の告白も、今が始めではないがきく毎、竹七の心に生き返るかして、白毛のまじり始めた、薄い眉のつけ根に深い縦皺つくり、両腕をおもむろ、女の方へさし向けていた。今度は、素直になすがままとなり、茶餉台の傍へ一緒に横たわり、呼吸はずませ、関節をポキポキ鳴らしたりして、頸すじあたりまで舐め合ったりのていたらくであった。

頃合いに、竹七が先ず腕の力を抜き、体を起こそうとしたところで、

「これでいいの?」

と、花枝は、なおひき止めるようなもの言いである。それから先きの行為は、生得の臆病さ、又生理力の不足等から、竹七が今に至るまで、よくなし得ないところであった。——「抹香町」と、縁が切れずにいる所以でもあった。

毎度のことでもあり、恐縮した如く、双手を畳に突き、四ツんばいになっている彼の耳もとへ、又消え入るような声で、

「おこして。」

と、花枝が云った。しどけなく、くったりしている女の体を、これもたるんでしまったようなわが身励まし、竹七はどうにか、かかえ起した。竹七にしがみついた儘、「先生はいつまでも紳士なのね。」と洩らしたりして、上気したように顔を、相手のぽこんと、奥歯のなくなったあたりくぼんでいる頬へすりよせるのであった。

三本目のビールも残り少なになっていた。

竹七は、花枝の口の中へ、豚のあぶら身のひときれをほうりこんだりし始め、自分も馬のするような格好で、頻りにもぐもぐやった。

「あんた、どの位泳げるの。」

「女学生時分は、水泳のチャンピオンだったこともあるけど、子供を生んでから、すっかり駄目になったわ。――今日も、二十五メートルのプール、往復するのがやっとだった。」

「でも、安野君に、姪と三人、足手纏いもなくって、さだめし楽しかったろうね。」

「いやな先生、ね。」

「安野君の前で、あんたがどんな顔をするか、よくみたいもんだな。」

「わたし、千両役者じゃないから、別に変った顔つきなんか、出来ないわ。」

「千両役者はよかったね。――それとして、中々安野君は二枚目のようだね。背もすらりとしているし、一寸男前で神経質そうだし、あんたとさしずめ好一対というところかな。」

「先生、止めて。――わたし帰るわ。」

「そう角を出さなくったっていいさ。——もう一本、註文しようか。」

「わたしは沢山。」

「じゃ、そろそろと云うことにしようね。」

「あの、明日か明後日、秦野へ行くの。子供を預けッぱなしでも置けないから、お守かたがた一週間か十日、行ってくるの。」

「そんなに長く。」

「ええ、去年も、暑中休暇には行ってたわ。」

「安野君も一緒にかね。」

「いいえ、安野はこっちへのこっているの。子供がいなければ、せいせいと本も読めるし、好きなことも出来るでしょう。あのひと、お鍋でご飯たいたりして、ひとりで自炊することにも馴れているの。」

「ふーん。秦野へ行ったら手紙呉れ給え。」

「ええ。」

「ことによると、ひょッこり、訪ねて行くか知れないな。あんたをみにね。」

きても、寄せつけない、と云う花枝の眼色ではなかった。

「でも、行って、あんたの両親にぶつかったりしたら、まずいかな。——写真だけしか知らない、あんたの子供の顔みるのも、正直苦になるな。」

「義母は、わたしより、安野を可愛がっているみたいだし、父はごく旧式な、いっこくな人だから、先生のことが知れたら、それこそ、わたし勘当よ。」

「妻となれば、夫以外の男を好きになってはいかん、と云う理屈もないわけだがな。――ま、秦野行は遠慮しよう。桑原桑原というところだね。」

彼女の身に、万一のことがあれば、何時でもひき受けると、これまで何度か云い渡してあり、当人始め、その責任はどこまでも負うつもりでいたが、彼との関係から、安野の許を追い出され、子をつれたりつれなかったりして、竹七のふところへころがり込んでき、ざっと三十近くとしも違う二人が同棲生活でもやり出した日には、破滅は時間の問題と、そんなふうにけんのんがるしか芸のないような五十男でもあった。

「あした、先生おひま?」

「暇も糞もない。あんたのご用とあれば、何を置いても、ね。」

と、簡単に、竹七は相好を崩してみせた。花枝も、満足らしく、にっこり眼もとを溶かせたが、

「あって、皮肉云われでもしたら、詰らないわ。止すわ。――秦野から、お便りするわ。」

と、云って、横を向き、白い下げ鞄の中から、緑色したセルロイドの櫛をとり出し、茶餉台の前へちゃんと坐りなおして、一寸竹七のばらばらになった、特にもみ上げあたりそれとはっきり霜のきている頭髪をみてから、自分の髪を直し始めた。たっぷりした髪の毛の一部が、詰り気味な額を半分隠したりして、一応つくろいが終ったところで、櫛もつ手をのばし、今度は

竹七の頭髪へとりかかった。すいすい通る櫛の歯に、眼を細くして、竹七はおとなしかった。わが子にでもそうするかの如く、花枝の顔も、まばたきひとつ見せようとしない。

聽て、女中の持ってきた勘定書に、竹七の持ち合せでは、百円近く不足していた。みてとって、花枝は下げ鞄の中をかきまわし、四つに折った千円札つまみ出し、

「わたしが出しとくわ。」

と、竹七の挨拶待たず、女中に手渡しした。彼も、持ち合わせを、そっくり花枝の方へ押し向けていた。

「いいわよ。」

と、云い中々茶餉台の上の、紙幣へ手を出そうとしない。

「みえすいた無理はおよし。」

と、竹七にきめつけられ、ようやく、七八枚のきたない紙幣を、下げ鞄の中へしまいこんだ。

花枝は一度、竹七に無心したことがあり、月が変ると、早速返していた。どんな意味からでも、彼に金銭を貰う位ならパンパンにでもなった方が余程まし、などと馬鹿にきれいな口をきく女でいて、彼と交ってこの方、日頃の酒量が一層まし、月給の半分以上、安野の酒代に変るところから、魚屋八百屋等に借金が嵩み、先月はいった夫のボーナスで、どうにかその方のかたをつけたばかり、と云うような世帯の下にある彼女でもあった。

つり銭から、百円紙幣さいて、小さな盆の上へ載せ、

「これはあなたに――」

と、花枝は、歯切れよく云っていた。片目の年増女はハッと恐れ入ったような頭の下げ方であった。

十時を、少し廻っていた。

柳の並ぶ街を出はずれ、二人は電車通りを、国鉄の停車場のある方角向けて、歩いて行った。

両側の店屋は、既に戸をしめた方が多かった。

「一寸、寄ってくると云ってきたのだから、終電では帰れないわ。」

竹七も、たって、引きとめるふうをみせなかった。

まだ酔っているらしく、懐中がカラなのを忘れ、紅棒買おうと云ったが、花枝はどうでもいいような口ッ振りで、子供への土産ものも、今うちにいないのだから、と軽く辞退した。

ハイヤー、トラック等殆んどみえず、人通りもごくまばらであった。水を打ったような電車通りを行く裡、だんだん花枝の声は、しめっぽく鼻声のようなものに変り、竹七もめっきり口数少なくしていた。

風もなく、昼間からの暑さが、夜更けていても、容易にひかないようである。

「秦野へ行ったら、手紙呉れ給え。」

「ええ、――先生も、お体お大事にして、寝冷えなんか、なさらないで。」

電車通りが、くの字なりに曲るところから、中央に塔のたつ建物が、くっきりと眺められ、正面の大時計の針も読めそうである。構内には、私鉄のホームもある勘定であった。

「ここらで。」

聞きとりにくいような花枝の言葉遣いに、

「ああ。——じゃ、気をつけて。」

「おやすみなさい。」

紅を落した口もとを、心持ちひきつらせ気味に、白のブラウス、一帳羅のスカート穿いた小柄な女は、うわ水でものむようなうつろな顔つきして、男の傍を離れて行った。

竹七は、廻れ右し、まっすぐ、電車通りを引き返し、海岸の物置小屋へ帰ってきた。日中、焼けたトタンのほてりに、小屋の中はゆだるようである。二三日前から始めた仕方で、廂の下へうすべり、敷蒲団等をのべその上へころりと横たわり、毛布を胸もとへ引き寄せたりした。

隣りの屋根と、小屋の廂に挟まれた空にはいくらか星が出ているようであった。

——二十八年十月——

落日紅

花枝の義母は、夫安野の実姉であった。

父親と義母は、秦野在に住んでおり、夫の勤め先が夏休の間、十日余りも彼女等一家は、四つに二つの子供づれで、親許でただめし喰っていた。花枝と安野が一緒になってより、七年この方、毎年欠かさないしきたりのようであった。

滞在中、無代同様で借りていた、寺のひと間から、このところ追い立てられているのを機会に、横浜市外で養鶏場を経営する友人の地続きへ、バラック同然のものでも一軒家を建てようと云う話が、親子姉弟の間で進んだ。殆ど無一物の安野は、資金方面を、花枝の父親や東京で終戦後相当にやっている兄に泣きつくしかなかったが、大体の見透しはつくようであった。そんな家を造ると一緒に、安野は長年の懸案としていた、横浜で新しい職をみつけ、アメリカ関係の勤めにありついて、安月給でもあり、先へ行っての望みも薄い現在の職場から、きっぱり足を洗いたかったし、又妻の花枝を竹七と云う五十男から、根こそぎひき離してもしまいたかった。彼が横浜への新居移住には、一石二鳥三鳥と云う、こみいった意味が織込められているようであった。

夫や子供と一緒に、自分が小田原在から行ってしまえば、竹七との仲は、自然それきりとなりそうな気がしたが、成行きにたってさからい、はめを外すような振舞いに及ぶべくもないところへ、花枝も落ちつきかけていた。この春時分、すっかりとりのぼせ、竹七の子供を生みたいとか、彼のものになりたいとか、芝居もどきのせりふを地で行ったような工合だったが、相手はふたことめには、三十も違うとしの開きを云々し、夫や子まで捨ててきても、彼女はみすみす不幸になるばかりだなどと、それとあらわに女を好いていながら、最後のふんぎりがつかず、花枝がそうなろうとしかけるや、意気地なく顔をそむけるようなふりまでみせる塩梅式で、ふぐは喰いたしいのちは惜しいみたいな相手のもの腰に業を煮やす裡には、だんだん彼女の熱も醒め加減となって行き、十日にいっぺん、半月に一度の、はかない不得要領な逢い方を、だらだらと二人は続けてきていた。帰りがけには、必ず子供への土産ものなど、持たせるような竹七の寸法でもあった。

夏休みも終り近くなったところで、子供は秦野の方へ当分置いてき、夫婦が寺のひと間へ引揚げてから、三日ばかりたつと、新築資金の相談旁々、安野は東京の兄を尋ねて行き、帰りにはK映画館で花枝と落ちあう約束であった。夫を送り出す早々、聽て十四五日振りにもなる竹七の小屋を、彼女はおッ取刀でのぞきに行った。案の定、竹七はいず、友人の店で時間潰したりして、二度目に行ってみると、赤い畳が二枚敷いてあるところで、観音びらきから吹き込む海の風をうけながら、彼は大の字なりに昼寝の最中であった。

白のフレンチ、草色のスカート、素足に黄色い鼻緒の下駄穿きで、小さな風呂敷包かかえる花枝と、紺のワイシャツ、自身でつくろったあとのある半ズボン、同じく下駄穿きの竹七は、街路樹の木蔭で、箱根行のバスを待っていた。やせた小男に、ひとまわり小さいずんぐりな女は、遠目には一寸似合いの愛人同志の如く、互いに顔のすじをたるませながら、睦《むつま》じそうであった。床屋へ行き、顔をそって貰ってこようなどと花枝が云い出すと、竹七はテレ気味に制したりした。

銀色のバスがきて、二人は丁度すいていた一番うしろ側の座席へ、並んでかけた。車が動き出してから、花枝は竹七の膝へ、風呂敷包を投げ出し、「先生と一緒に、お湯へはいらないわよ。」と、つり上り気味の眼尻で、ほし柿のような竹七の頰あたりつつくようにした。「あんたとは結婚してなかったんだな。」と、それが理の当然であるみたいに云い、五十男はひしゃげたような笑い方であった。

晩夏初秋の候らしく、空はまっさおに澄み渡っていたが、平地ではゆだるような残暑でバスが段々山を登るほどに、幾分薄らいで行った。早川の渓流に沿う、斜面のところどころ、百合の花が白くみえがくれしたりした。二人は、中腹にある温泉場で降りた。

歩いて、細長い宮の下の部落を通り抜け、蛇骨川《じゃこつがわ》に架る橋を渡り、咲いた萩が石垣にしなだれる旅館の前を過ぎると、間もなく家並がきれ、浅く、むせるような緑の渓間が眼前にひらけていた。

路ばたの崖に、小さな滝が落ちており、しぶきを心地よく顔にうけて、少し行けば、トタン屋根平家建の湯小屋があり、池を挟んで二階建のがらんとした建物がみえる。竹七が先きに、ジャガ芋などたたきに転がっている二階家の玄関へ立った。よごれた割烹着の、女将らしい中年女がすぐ出てきて、二人を二階へ案内した。あけぱなされた六畳と四畳半二間続きで、広い方には粗末なニス塗りの茶餉台が控えていた。

竹七は、サル股一つに、早変りし、手拭ぶらさげ、六畳を出て行った。少し遅れて、花枝は前どおりスカートなど穿いた儘、タオルだけ持ち、階段を降りた。湯小屋は、男女別々になっていた。

日に焼けて、渋紙色している顔など、ほんのり上気させ、湯から上ってくると、竹七は部屋のまん中へ横になったが、畳の表がざらざらしていて、気持が悪かった。手摺にかけて置いた手拭をとってき、それを敷いて、背中の方へあてがい、仰向けに長くなってみた。肋骨が数えられる位、痩せこけた初老の体は、まだそれほどしなびても、たるんでもいず、太腿あたりの肉づきには、可成の弾力も残っていそうであった。

戻ると、すぐフレンチをぬぎ、シュミーズにスカートと云ういでたちになり、小麦色にやけた腕と、ふっくりした、胸もとあらわにして、花枝は茶餉台の前へ横ッ尻となり、風呂敷包の中からクリームをとり出し、器用な手つきで、顔中へこすりつけ始めた。終ると、それを竹七

の方へ押してよこし、

「つけない？」と、持ち前の、落ちついた針のような声で云った。「俺は、そんなものを使ったためしはない。」

と、竹七は、としらしい、皺枯れ声で、あとは苦笑となった。寝たなりの姿勢で、

「向うの山に日かげが出来るまで、こうしていようよ。」

「ええ。遅くも、六時までに、K映画館へ行かなければならないわ。——安野と約束してあるでしょう。」

「まだ、三時前だよ。泡喰って帰ったって、又汗をかくようなことになるよ。」

いつの間にか、茶餉台へ置かれてあった、茶碗へきゅうすの茶を入れ、一つを竹七の頭近くへ出し、花枝は自分もそれを両手に持って、ちんまりした形のよい口もとへあてがった。竹七は、苦い番茶をひと息にのみ干し、茶碗から離れた手を、ついでに紫色の風呂敷包へのばし、中から一冊の雑誌をつまみ出した。みてみると、「夜の模様」と云う、二人が三日目五日目に、共に熱い息遣いで、抱きあっていた当時を叙した、彼の作品の載っている、三四ケ月前のものであった。

「こんなの、持ち歩いているの？」

と、多少突っ放したような竹七のものいいに花枝は痛そうな眼色をみせた。

「馬鹿だな。」と、口程になく、女をいとおしむ意味が織りこまれてあった。

「ええ馬鹿よ。」

円い肩先を多少より気味にして、花枝はやさ睨みである。それから、往来に面した窓際へ、小さな体をすり寄せるような格好で、彼女はころりと横になった。とりとめのない話のやりとりしている裡、竹七は何やら手持ち無沙汰の感を覚え、いきなりにじりより、女のわきの下へ、両腕を廻していた。

「いやよ。」

と、云って、眼で媚びる花枝の舌は、湯上りのそれらしく生暖いようであった。

離れた場所へ、横になった儘、時間が過ぎて行った。花枝が、先きに起き上り、往来の方を向いて、

「向うの山の下の方にかげが出来てきたわ。」

「もうかげり始めたのかな。」

「遅くも、今半までには、K映画館へ行っていなければいけないわ。」

「そうだな。――悪どめは止めよう。」

どっこいショと、膝頭に両手つきつき起き上り、不器用な手つきで、竹七もワイシャツなど、着始めた。その鼻先へ、花枝は一枚の小さな素人写真を突きつけ、

「秦野にいた時とったの。」

誰が写したとはきかず、

「ほう――」

と、だけ云って、竹七は霞む老眼へ押しつけるように、写真を間近くもって行った。黒い顔した二人の子供の半身像であった。実物をまだみていない竹七にも、子等の顔の円い輪郭が、花枝に生写しと読まれそうであった。

「よく似ているね。お母さんそっくりだ。」

「父は、二人共、わたしの子供時分そのままだとよく云ってるわ。」

「ほう――」

他意なく笑ってみせる竹七に、花枝も子の母らしい満ち足りた笑顔を隠そうとはしなかった。写真を風呂敷の中へしまったついでに、フレンチひっかけ、緑色した櫛など握って、四畳半の隅にかけてある、円い鏡の前へ行った。近くから、蜩の声がしてきた。

往来へ面した方角に突ッ立ち、竹七は舐めるような眼つきで、外の景色を眺めていた。早川の流れを挟む、真向いの山の、頂上まで青い斜面に日影がうすれてき、裾の方の木々が黒い隈をつけ出していた。せせらぎにまじる、河鹿のコロコロと云う音も聞えてくるようであった。殆ど、金しばりとなったかの如き硬直した姿勢で、じっと竹七はその方へ心を向けていた。

髪形が出来上り、そそくさ茶餉台近くやってきた花枝は、すっかり相の変っている竹七の様子に、暫くはものも云い出せなかった。

帰りのバスが、小田原の町中で停ると、二人は降り、竹七は花枝を「だるま」と云う食堂へ連れこんでいた。そこへは、降っても、照っても日に一度、彼が「ちらし丼」を喰べに現れる店で、そのついえを、唯一の贅沢と見做しているようであった。

階下の、黒いへりのついた畳が、十五六畳敷いてある場所は、まん中に障子紙をはめこんだ古風な衝立で仕切られており、書院風な窓を背負う位置に当る、一番奥まったところへ、竹七は胡坐かいた。再三きていて、勝手知った花枝も、低い黒塗りのテーブルに近く彼と鍵の手になるあたりへ、横ッ尻となった。山を車に揺られてき、みかけと違って、華奢なところのある彼女は、一寸ぐったりした身の置き方であった。

「酒にしようか。ビールにしようか。」

「ビールがいいわ。」

根が甘党の竹七などより、ずっといける女である。来合わせた、大年増の女中に、彼は寿司に飲みものを註文した。

誂へた品物を、テーブルに置いて、女中はすぐ下って行き、二人は互のコップにかわるがわる泡立つものを満たした。目を併せ一緒に口へもって行ったが、竹七はひと息にのみ干してしまい、その勢いに、気押されてやや戸惑った花枝も、半分ばかりあけた。

「おいしいわ。」

「やっぱり暑い時はビールだね。」

「胸がいっぺんに、すーッとしたわ。」

「あんたは酒のみなんだ。つづけてやり給え。」

又、二人は、相手のコップを満たし合ったりした。日が落ちたらしく、紅に染まった残光が、椎、楓、つつじその他と植え込まれた向い側に、垣根一つ距てて建つ、銀行の建物の横ッ腹を燃えるようにしていた。

「あの灯籠、面白いわね。」

暗がり始めた、植込みの椎の根もとに花枝は眼をとめた。

「うん。しいたけのような形だね。」

「頭の石の格好が素敵ね。」

と云って、自然石を寄せ集めて造った灯籠から濡れ縁のすぐ先の、ダリアを囲む竹の輪へ眼を移し、それを興じてみせたりした。

二本目のビールにより、既に竹七はまっかとなり、軽く粉おしろいはたいた花枝の、ひきしまった顔にも、ほんのり色が出ていた。いつか、夕映が消え、とっぷり暗くなった。

「今に始まったことじゃないけど、安野がうるさいの。」

「ふ、うん。」

「秦野へ行っていた間も、わたしと先生のことをお母さん（義母）に云いつけたの。一度ふたりしてひと晩どまりの旅行に出たこともあるし、その後もずっと逢ってるなんて。」

「親の耳にまでもね。」

「安野には、血を分けた姉だから、云い易いのでしょう。お母さんは、口に出しては何んとも云わず、じろじろ白い眼でこっちみているだけだったけど、お母さんからお父さんに、筒抜けなのね。わたし、さんざお父さんからとっちめられたわ。――夫の顔をつぶすようなまねは今後断じて止めろッて。」

「うーん。――で？」

「安野がいけないんだわ。わたし、安野の原稿を先生のところへもって行くのなんか、あれ程いやだと云ってたのに、きかなかったからだわ。――そればかりでなく、わたしに好きなひとが出来ても、決して自由は束縛しないッて、綺麗な口を利いて置きながら、秦野へ行って、云いつけるなんて――」

「安野君も、よくよくのことなんだ。が、親許にまで知れたのは穏かでないな。」

「わたし、はじめて先生に云うんだけど、安野と一緒になりたての頃も、外で逢っていたひとがあるの。」

「ふーん？」

「わたし、だらしない女なのよ。――この頃では、安野を愛しているのに、先生を忘れてしまうことが出来ない――」

「うん。俺もそれなんだよ。としの違いやその他の事情から、あんたと一緒になっても、うまいことはないと、始めからちゃんと承知していながら、つい今日までずっとずるずるべったりに——。だが、親の耳まではいった以上、こう云う状態を続けていていいのかね。安野君の立場がいよいよなくなってしまうようなことになってもね。」

「いいのよ。」

と、花枝は云ってみせた。いずれ横浜行の工作が、安野の思惑通り成功すれば、その見込も大体ついているが、そうなればどうにかかたづいてしまう問題だと、タカをくっているようであった。

「大丈夫かな。」

うしろめたさと、不吉な予感に、竹七は卑屈な位、弱い眼つきしていた。そんな相手に次第はしかじかと、あかしきれないらしい。二人共、だまりがち、コップをあけたり、ついだりしている裡、

「重々、安野君にはすまないと思っているし、ここらあたりで身を退かないと——」

「わたしも、先生のことを思いながら、安野の云いなりに体を委せる時など、本当に自分が罪の深い女に思えてならないわ。——でも先生と別れるのはいやだわ。」

「俺も今、あんたに左様ならなんか、無理しても云い出せない気持だ。——だが、あんたには二人の子供もあることだし、こっちはとしも……」

「いいのよ。どうせなるようにしかなりゃしないでしょう。」

胸に一物ありげな女の、きっぱりしたそんな口つきは、一寸皮膚に粟だつ思いらしく、竹七はおずおず骨ッぽい腕を、花枝の方へさしのべていた。それをとって、かさかさした手の甲に紅の口もと吸いつけ、彼女は長いこと離さなかった。

「今半」の時間も、うっかりしているふうに、

「先生と、始めてお逢いしたの十月だったかしら。十一月だったかしら。」と、そんな遠い時のことを云い出していた。

「十一月の月はなだったようだね。」

「あと少しで、丸一年になるわね。」

「そうなるね。」

「先生、これから写真とりに行かない？」

「いいね。」

「この前、東京へ行った時もとらずにしまったし、今日も写真屋にぶつからなかったわ。」

「強羅まで行けば、公園にいた訳だがね。」

「わたし、写真屋でへんなポーズしたりなんかして写すの嫌いだけど、仕方ないわ。」

「だが、五十男と二十五の女が並んで写るなんか、あんまりどうも——」

「そんなことどうだっていいわよ。どっちが先に死んでもいいようにとって置きましょう。——酔っていたって、写真にはうつらないから大丈夫。」

「ハハハ。そりゃそうだったね。」

皿の寿司を、半分以上喰べのこしたまま、花枝にせきたてられ、ひょろひょろ立ち上った竹七の脚下は、ひどく覚束ないものになっていた。


「だるま」食堂を出、近くの写真屋へ廻り、花枝の希望から二人の子供が写っていたのより四五倍大きい、それで三枚一組二百円也と云うのを頼んだ。顔見知りの写真屋も如才なかったが、酔った余勢で、竹七は花枝と並びカメラに納まるの役目が、無事に果せたようであった。

写真屋を出ると、花枝の脚が心持ち早くなっていた。

簀の子の屋根を舗道につらねる、商店街のキラキラした通りへかかったところで、

「子供へ、甘納豆でも買うかな。」

「いいわ。今、いないから。」

「そうだったんだね。——秦野だったんだね。」かかえていた、紫色の風呂敷包を女へ手渡し、

「じゃ、気をつけてね。」

「先生もお風邪ひかないで。」

「又ね。——今度はいつ頃都合つく?」

「そうね。——あの、K映画館へ行ってみて、安野が来ていなかったら、先生の小屋へすぐ行くわ。」

「そう。」

「え。」

眼顔で、別れの挨拶した二人は、四つ角にきたところで、西と南に脚の向きを換えた。

竹七は、まっすぐ海岸の方へ歩いて行き、間もなく防波堤に近い、屋根もぐるりも黒いペンキ塗りの物置小屋へはいり、あぶなっかしい梯子段を上り、そこへ下駄をぬぎ、手さぐりで、太目のローソクのさしてある怪しげな燭台風のものを、隅の方からひっぱり出しビール箱の机の上へ載せ、マッチをすって火をつけた。

観音びらきは、あけ放たれているが、風というものが全然死んでいて、トタン小屋の中には日中のほてりがそのまま残り、むッとするような暑さである。ワイシャツぬぎ捨て、所在なく竹七は、机の上へ突ッ伏し、肩で息はじめた。二人で四五本のんだビールの酔いは、彼の心臓の鼓動を険しくしており、顔の中まで火がついたようであった。そんなふうにしていながら、竹七は今夜もまた廂の下で寝るのかな、とうつろに考えてみた。蚊は出ないが、南京虫の襲来と暑気に祟られ、小屋の中では中々寝つきにくいまま、このところ、うすべり、敷蒲団、毛布など外へ持ち出し、小屋の入口にそれ等をのべて眠る癖がつくともなしについていたのである。外は涼しく、虫にさされる心配もなく、ぐっすりと熟睡出来、その味を知ってからは、夜露に濡れる障りなどかまっていられぬ位だったが、寝入りばな、時に顔へかかる雨に起されるのには、閉口らしかった。小屋の廂は、がかえのない体をいくら縮め、且つぴったり建物の土台に縋りつくようにしてみても、彼の寝相の縦半分をかくすほどしか長さがない。濡れながら、寝ているわけにも行かず、そんな場合は、ねぼけ眼こすりこすり、蒲団やうすべりなど、寝具をひと纏めに丸めて担ぎ上げ、あぶなッかしい足どりで、梯子段をのぼり、小屋へあと戻りするしかないようであった。

昼間、雲らしいもののなかった今夜は、先ず降り出す気遣いなかった。が、今しがた花枝と別れたばかりで、廂下へ横たわるとは、独り暮しにタコの出来ている筈な竹七としても、余りに涼し過ぎる話であるらしく、机に突ッ伏す彼の上体はいよいよ生気の抜けたものの如くになって行った。

と、観音びらきの向うから、

「先生。」と、云う低いが鋭い声を、ちくッと聞いたようで、竹七は胴体からちぎれたような頭を起しかけたが、それっきりで、あとはかすかな波の音ばかりである。

さては、気迷いだったたか、と今度はじかに机の上へ、禿げ上った皺だらけの額押しあて、両手をそのわきに並べ、さながら平あやまりと云ったような有様であった。

いっ時たって、小屋の周囲に、高い下駄の音がし、それが入口から梯子段を上ってき、いきなり風呂敷包を彼の膝頭近くへほうり出し、下駄を蹴るようにぬぎ捨てざま、びっくりして上体を起しかけた竹七に抱きついてき、ちんまりした腰を胡坐かく彼のまたぐらへ載せて、これも相当アルコール臭い息はずませつつ、

「安野いなかったわ。」

「そうかね。よくきてくれたね。——よくきて。」と、とし甲斐もない、鼻孔の詰ったような声色であった。それと一緒に、女の首ッ玉かき寄せ、色どられた唇へ、乱暴に吸いついていた。

「先生、本読んでいたの。」

「いや、机にお辞儀していたところなんだ。」

「机にお辞儀——」

と、とんきょうに云い、竹七の奥歯の抜け落ち、一入《ひとしお》くぼんだ頬のあたりへ、花枝は念入りな接吻を幾度かしたあと、

「ねえ、先生。今夜はわたしを自由にして頂戴。——自由にして。」と、彼女は、うわずり気味な調子である。再三、体でそれを云ったことはあれ、口に出すのは今が始めての女に、竹七はやや面喰いながらも、

「酔ってるから駄目だよ。酔ってるからね。」

と、既にある部分がものの役に立たなくなりかけてもいる彼は、一つ覚えのような辞退の言葉である。そんな逃げ口上は聞えない、と云うように、花枝は両手の掌で彼の背中あたり、上下左右に撫でまわし、

「ね、キッスマークして頂戴。」

「あんた、きっと痛がるよ。」

「いいの。いいの。――わたし、どうして、こんなに先生が好きなんだろう。」

と、自分で自分が解せないとあるみたい、花枝は相手へのしかかり、血迷った如く、顔と云わず額と云わず、頸筋と云わず、見境なしに接吻し、まるきり受太刀の竹七は、うしろへだらしなくひっくり返ってしまう始末である。その上へ折り重なり、抱きついて、花枝は全身波打たせ続けたが、最後までどうやら独り角力《ずもう》のようであった。

「先生は、いつまでも紳士ね。」

と、ひとこと、恨みと媚びを半々に云ってみせたところで、花枝もようやく我に還るようであった。顔中、こそばゆいものにした竹七は、膝を揃えて坐り、白毛まじりの頭を下げ、ちゃんとなっていた。続いて、花枝も体を起し、スカートの格好をなおし始めた。

「何時頃になるかしら。」

「今半は八時からだったね。もう八時を廻ったかな。」

二人共、時計など持ち合わせていなかった。

竹七が、机の上へたてた、小さな鏡をのぞきながら、花枝は手早く顔を直し、紅棒など唇にあてがった。ざっと終ると、その手間で、

「先生、ついてるわよ。」

と、云いながら、竹七の顔のあちこちを、タオルで拭ったりした。

「こんなに――」と、紅のあとがこびりつき、まばらに染めたようになったものをかざし、く

すッと盗み笑い洩らして、それを小さくたたみ、櫛などと一緒に風呂敷包へ納めるとみるより早く、彼女はぷいッと立ち上り、竹七へ一言の挨拶なくふらふらした腰つきで、ひっくり返ったまま、歯を上にしているのもある桐の安下駄突ッかけ、逃げるように梯子段降りかけた。どこか童顔の名残りもうかがえるその顔を、石のようにしこらせ、何か思い詰めているような模様でもあった。

女が、そんな風に出て行くのに、ひとり小屋の中へ居残るのがむずかしいらしく、竹七も紺のワイシャツひっかけ、半ズボンのバンドをしめなおしながら、追っかけ梯子段降りて行った。ビール箱の机の上では、太目のローソクがつきっぱなしにされていた。

体に似ない大股の、多少そり身な姿勢で、花枝はさっさと歩いて行く。先程別れた、舗道に簀の子の屋根をのせた街角近くで、やっと追いつき、竹七がせかせか言葉をかけると、驚き顔に振り向きざま、

「先生。送ってきて下すったの。」

「ああ。——これから、まっすぐ帰るつもり？」二人は、差向いの位置に、立ち停っていた。

「K映画館へ行ってみるわ。居なかったら、又先生のところへ行くわ。」

と、花枝は眼頭ほぐした笑い方であった。

「じゃ。」

と、竹七は、それだけ云い残して、女のまだほんのり赤味のさしている顔みいみい踵返し、

聽てすたすた歩き出した。

映画館には、東京の兄の許での金策が上首尾だった安野が、首を長くし、花枝を待っていた。現れた彼女をみても、彼はろくすっぽ口を利くことなく、夫婦はおしだまったまま、がたびしするバスに運ばれ、町端れの寺のひと間へ帰って行った。

その頃、物置小屋の廂の下では、予定どおり、竹七が小柄な体を海老のように折り曲げ、蒲団にくるまっていた。

九月にはいる早々、安野は友人の地所へ、五坪とないバラックの新築にかかり、それが半分も出来上らない裡、一家が移転すると云う五日ばかり前に、花枝は小屋を訪ねていた。


——二十八年十一月——

外道

九月始め、花枝の夫安野は、友人の地所を借り、横浜市の郊外へ、建坪五坪ばかりの、小さなバラックの新築にかかった。

殆ど、無一物の彼は、花枝の里方、東京浅草で、のみ屋をやっている兄等から、資金をかき集めたが、十分とまでは行かず、九月の末に、壁は荒壁のまま、台所もろくすっぽ形をなさないなり、ひと先ず大工達は引き揚げてしまうと云うような成行きであった。

家をつくると一緒に、安野はこれまで三四年勤めた小田原在の職場から足を洗い、収入のずっといい駐留軍関係の仕事にありつこうといろいろ奔走し、その方はうまいこと耳寄りな口をみつけるふうだったが、今迄いたところから、おいそれと退職する訳に行かず、あと釜のみつかる迄、是非なく横浜から、バス、汽車又バスと云う乗物を利用して、通勤するしかなかった。

十月にはいって、間もなくのこと、安野と花枝は、四つに二つの子供つれ、小田原在の村祭りをみに来、安野は上の子の手をひいて、よばれていた馴染の農家へ赴き、花枝は下の方と一緒に、町中の親戚へ廻り、子が寝たところで、一寸おッ取刀という格好で、海岸の小屋を訪ねた。丁度、竹七が、これから散歩に出ようという鼻先きであった。突然のことに、五十男はびっくりもし、又面喰いもしたようであった。先月の月はな、花枝一家が、普請なかばのバラックへ移転する四五日前、彼等は一度逢い、それからざっとひと月たっている勘定であった。

物価は安い、と聞いていたが、小田原あたりよりはるかに高く、田圃の中の一軒家から、一寸した買いものに出るにも、二十分位歩かなければ用のたせる街道に出られず、水道もいつひけるか解らないといった塩梅で、幼時胸部の病いに倒れた覚えもあるような花枝は、馴れない土地での貧乏世帯に、文字通りこんぱいしており、竹七が彼女の額に触れてみると、四十度近いような高熱出してい、時々カラ咳さえまじえていた。その折、花枝は五万円ばかり竹七に無心した。それだけの金額は、彼の手許になく、進呈する意味で、半額を用意して置こう、と云う挨拶であった。この正月、伊豆の温泉場へ行ってから、奇妙な関係を続けてきた二人の間には、嘘のように、金銭の出入りなどなかった。どんな意味にもせよ、竹七からそんなものを貰う位なら、パンパンになったがまし、ときれいにうそぶいていたような花枝でもあって、二万五千円が二万円でも、きっと返済するとそれをくどく云い、負けず竹七も無償の意味を説きたてたようであった。小屋に独り住む彼は、病気した時の用意等に、若干の貯金しており、それ位の金銭は彼女に呉れても、大してこたえない筈であった。

その日、別れて、横浜と小田原と、別々になった彼等の間には、十日置程、短かい手紙の往復あり、こっちからも出向くとよく云ってやりながら、小心者の竹七には田圃のバラックの敷居が高いかして、容易に足をはこび得ないようであった。医者に安静を宣告されたので、寝たり起きたり、ぶらぶらしていると花枝が書いて寄越し、その次には熱も大分ひき加減で、又家の中の仕事を始めた、などと云ってきたりしていた。十一月の二日続きの日曜日が、目の前になったところで、花枝から行くとある手紙が来、改めて無心のことも一緒につけ加えられてあった。

風のない、生暖かい、小春日和であった。

朝、小屋を出がけ、竹七は千円札二十枚入れた茶色の封筒を、上着の内ポケットへねじ込み、「競輪場の西の隅にて待つ。」と、原稿用紙の裏へ大書したものを、梯子段へぶら下げ小石でおしをし、外へ出た。登山帽まがいのぺらぺら帽子、自分でかがったあとのある上着に、赤くなった黒サージのズボン、コール天の足袋に杉の安下駄突ッかけ、足袋にいくつか穴のあいているのは当人気がついていたが、ズボンの尻の方が、三角形に破れているのは知る由もないようであった。

小屋から、街筋や城趾の濠端づたい、たっぷり二十分かかる、行きつけの停車場の大便所へはいり、用を済ませ、今度はそこの洗面場で顔を洗ってから、きた道をあと戻り、電車通りの「だるま」という食堂へ、丼喰いに寄った。降っても、照っても、大体ハンで捺したように変らない彼の足どりであった。

旧幕時代、藩の練兵場であり、明治以後は梅の木の多い公園だった丘の盆地が、三年この方市営の競輪場と模様換えになっていた。食堂を出、途中午めし代りの食パン買って、ポケットへ納めたり、予想新聞を手に入れたりして、ぶらぶら竹七が競輪場に辿りつくと間もなく、第一レースの始まる刻限であった。彼は「三六」と云う目の車券を買って、第一レースに百円損していた。第二レースにも「一二」と云う車券一枚買ってみたが、当っていなかった。ゴールに先着した自転車の番号は「二三」であった。今日で、六日間彼はこのところ毎日、やってきていたが、既に四千円余の損をし、十月には「五一」と云うのを、例に依って一枚買って、それが一万二千数百円也というベラ棒な払戻しを受けたためしもあったが、その後ひと月間に、平塚、伊東と赴きそれ以上とられてしまっており、三年前始めた時からの損はつもりつもって、優に二十万円を突破し、竹七如きにはとり返しのつかない巨額となっていた。よくよく、自分のバク才のなさ、気転の利かなさが思い知られ、毎度こりごりしている筈のものながら、彼自身「放蕩」と呼びなしている泥沼から、いつ足が抜けるか、さっぱり見当がつけにくいようであった。

西側の柵に、背中を押し当て、小柄な体を海老のように丸め、全身に小春の日光を浴びながら、第三レースには何を買おうか、と竹七は予想新聞の細かい活字を、老眼尖らせのぞきつつ、考え込んでいた。ところへ、煉瓦色のトッパーの裾から、紺サージのワンピースのぞかせ、ナイロンの靴下、飴色の中ヒール穿いた花枝であった。彼より又ひとまわり小さい女の姿をみてとり、別段顔色かえず、竹七はそのとしらしい不活潑さで、よろよろ立ち上っていた。花枝は、なつかしげに遠いものでもみるような面持ちしいしい、近寄ってきた。目と鼻の間に立っても、彼等は別に頭を下げ合う様子もない。

「すぐみつかったの。」

つぶれた皺枯れ声である。

「わたし東側の入口の方に、暫くたっていたの。人混みだし、知ってるひとにでも見つかりゃしないかと思って――」

「そりぁ――」

と、竹七は眼顔で、自分の浅慮を謝し、楠の木の下の粗末なスタンドの方向き、聽て二人は歩き出した。

粉おしろいはたいて、紅さした、女の顔色の普通なのに安心したついで、

「安野君は、小田原の方はもう止め、ずっと横浜で働いているの?」

と、竹七は、それが気がかりというふうである。

「駄目だったの。新聞にも出ていたでしょう。駐留軍が日本人を一切使わないことになったの。すっかり、当が外れてしまったわ。」

「新聞はみてないが、そうだったのか。」

と、竹七は、ごくりかたまりを飲みこむような顔つきであったが、その話はあとにしてと云うように、花枝を丸太ン棒が足になっているスタンドの、一番下あたりへつれて行った。

二人は、尻に紙きれあてがい、並んでかけた。柵の金網ごし、まん中に花壇をしつらえた、楕円形の擂鉢型したバンクが見下ろされていた。

「いつか競輪はもうやらない、なんて云って寄越したでしょう。——やっぱり駄目ね。」

「うん。自分でもどうしようもないんだ。——今度だって、今日までに、相当負けてるね。」

「今の、何か買ったの。」

「二レースは『一二』を一枚ね。」

「三レース、何買うつもり。」

「さあ、何にしようかな。——さっきから思案中なんだが、ね。」

上の子が生れる前のとし、半年ばかり、競輪場の賞典課と云う、勝った選手に賞金を渡すところで働いていたこともある花枝には、満更レースが無縁の代物でもなかった。が、麻雀、花札に限らず、賭事はいっそ嫌いなたちであった。

「やるのもいいが、この上負け続けると、機嫌悪くして、あんたに横浜へ帰れッなんて云い出しかねないな。」

「フフン。でも、やりたいんでしょう。」

「あんた、みているか。——へんに、手をもじもじさせているね。」

と、膝に載せた、四角な下げ鞄かかえる手許を、落ちつかないものにしている女の、ふっくらした手に、竹七は自分の頑固そうな手をからみつかせた。花枝は、それを払いのけもしなかったが、あたりの人目を憚かるふうであった。

「ま、一枚、買ってこようかな。」

「何んと云うの。」

「三六でもね。——あんた、ここにいる？」

花枝は、頷いていた。もの憂げに立ち上り、と所へひかれるような格好で、竹七は穴場の方へのろのろ歩いて行った。

第三レースが終ってみると、当選番号は「一四」であった。

「三はしまいにきたわね。」

「きたことは来たが、三着だ、六の方は二人共まるきし消えちゃったね。」

と、竹七は、ひしゃげたような苦笑いである。

「もっとみている？」

沢山と云うように、花枝も立ち上った。

「ここね。」

と、竹七に、上体ひねり、右手の指先で腰のあたりのズボンの破れ目をさし、

「口があいてるだろう。」

彼は、競輪場へきて、始めてそれと気がついたらしい。

「小屋へ帰って穿きかえよう。これじゃ、あんたと歩けやしない。」

かすかに合点し、花枝も、

「わたし、押し入れの中に、包を入れてきたの。」

「包ッて、そんな荷物もってきたの？」

「先生にお借りしていた本や、チョッキがはいっているわ。」

「ほう。チョッキ出来たか。」

と、竹七は、細い眼もとを、糸のようにみせた。彼女が、横浜へ移る直前、彼に約束していた品物であった。


土ぼこりたつひとごみを避け、離ればなれに、二人は競輪場を出て行った。競輪場の前から、幅のある道路が、ずっとコンクリートで舗装され、城趾の濠端あたりまで続いていた。散り残る葉をつけた太い桜、紅葉した楓、すがれたコスモス、遅れ咲きの菊など、両側の植込みや人家の垣にみる下り路を、ゆっくり歩きながら、

「あんた、体はどうなの。——以前と顔色なんかあまり変らないようだけど。」

「ええ。もう十日以上、起きていることは起きてるんだけど、ゆうべなんか、左の背中が痛くて、よく眠れなかったわ。それで、今朝も八時のバスに乗るつもりだったのに、九時のになっちゃったの。前、神経痛やったことがあるんだけど、その痛みとも違うの。チクチク刺されるようなじゃないの。」

「鈍痛と云う奴なんだね。——押しつけられるような。」

「そうなの。」

「で、医者は何と云ってるんだね。」

「横浜へ行ってから、間もなく、レントゲンとって貰ったけど、別に異状はないと、お医者さん云ったわ。写真にも、侵されているあとがないと云ってたわ。」

「レントゲンにとってみて、何んでもなけりぁ、ちっとも心配はいらないね。」

「でも、解らないわ。なおって、固まったあとも、いけないところも、一緒に黒く写るだけだそうよ。――わたし、女学校時代も、肋膜で半年近く学校休んでいたことがあるし。」

「だが、今日は、一度も咳しないじゃないか。熱もないんだろう。」

「ええ、この頃、ずっと平熱になっているようよ。寝たり、起きたりしていた時も、大して寝汗かかなかったし。――でも、自分の体は自分が一番よく解るわ。」

「馴れない土地へ行って、苦労したのがいけないんだね。一升三百円もする闇米買うのも、大変だと云ってたね。」

「ええ。知らないところでは、お金を出しても闇のもの手に入れにくいわ。――それにまだ水道もひけてなし、水くみだけでも骨が折れるの。」

「ひけないのかね。」

「裏があって、ただ申し込むだけでは駄目なのね。――でも、今年一杯には何んとかなるらしいわ。それに、うちだって、お台所なんか出来上っていないし、板の間にも板がはってないままなの。」

二人は、ややうつ向き加減、昔の外濠のあとが溝川になっている、ひっそりした、沼臭い裏通りへ曲って行った。

「新聞ではみていないが、安野君の話も困ったものだね。」

「わたし、がっかりしてしまったわ。思いがけない躓《つまず》きッて、あるものなのね。こっちを無理して、代りの人がみつかるまでなんて云って居られないって振り切って、はたの人達にも随分迷惑かけ、やっと退職辞令とると同時に、駐留軍では日本人を使わないことにしたと云うあれでしょう。本当に思いがけなかったわ。」

「で、その後、安野君どうしているの？」

「又勤人になろうと思えば、勤め口ないこともないのね。横浜には、前からの知合いもあり、その方からも話があるし、兄さんも顔の広い人で、いろいろ心配してくれているようだけど、安野はあまりその気がないの。何か商売をやりたいと云っているの。相当、あぶれ者のいる横浜では、中々わたし達親子四人たべて行けるだけのサラリーとるの、むずかしいのね。小田原と違って、少くも二万円以上かかるでしょう。保険のセールスマンにでもなれば、腕次第だけど、安野は始めから横浜の者じゃなし、又学校の教師してみたって月給は知れているし。」

「けど、武士の商法ということもあるね。いくら資金や何かを工面して、商売始めたって、ずぶの素人じゃどう云うものかね。小売店でも、一軒もてばサラリーマンより収入はあることはあるだろうが、果してうまく行くものかどうかね。それでなくてさえ、小商人は共喰いになりかねないと云うからね。」

「近くの街に、一軒、間口二間の店があいていることはあいているの。でも、権利金だけでも二十万円と云うし、うちを建てるだけでも大変だったのに、そんなお金融通してくれるところなんか全然ありゃしないわ。――それに、安野始め、商人に向く人とは思えない。わたしよく考えてみたの。安野には、今迄通り月給は安くても、どこかへ勤めて貰って、わたしも働こうと思ったの。――上の子は、わたしの里にあずかって貰い、下の方は託児所のようなところへ頼んで、働こうと思ったの。でも、女が机の前に坐って事務や何かでは、せいぜい月五六千円と云う相場なのね。それでは、二人の子供にいるかかり引けば、いくらも残らなくなってしまうでしょう。そう云うところでなしに、実入りのいいサーヴィス関係の仕事しようかと思ったけど、安野はいけないと云うの。そんなところで働かせる訳にはゆかないと云うの。――わたし信用がないのね。」

妻を、娼婦の型にみている夫の苦渋は、じかに竹七へもつたわるようであった。

「サーヴィス方面は、やっぱりね。」

「いろいろトリックがあるようなのね。」

「つい体で稼ぐと云うふうになりがちだろうね。パンパンみたいなものは女房に持っていられないと云う訳だね。」

サーヴィス女になろうと云う花枝の申し出をうけがえない安野に、同感を示す竹七が、自分と彼女との関係を棚の上に載せ、すましこんでいられる筈はない。それにつかまり、彼は猿ぐつわはめられた如く、息の詰る思いにかりたてられた。暫くして、つとめて、皺枯れ声を大きくし、

「あんたが、その体で、どっちみち働くなんて無理だ。二人きりの子供を別々に預けたりした上でね。ま、安野君が何んとかするだろう。有力な兄さんもついているそうだし、あんたがそんなに心配したものでもないようだね。」

「ええ。今年中には、安野も勤めるようになるか、又商売を始めるようになると思っているんだけど。」

と、云ってみせたが、甚だ心許なげに、花枝は細い頸筋折るようであった。

「案ずるより生むが易いと云うこともあるからね。あんまり、くよくよしない方がいい。――俺だって、あんたや子供が飢えるのを、だまってみちゃいない。」

と、竹七は、いきりたつふうである。花枝始め、口先のせりふとばかり聞き流せないそのもの謂いであった。

祭日で、殊にバス、ハイヤー等の往来がはげしい電車通りを、二人は小走りに横ぎり、傍に氏神神社のある近年停車場前に繁栄を奪われてしまった盛り場へはいって行った。

二階建、一階建と、屋並のでこぼこな街筋には、小売店、待合、そばや、寿司屋等が軒をつらね、おもてを灰色に塗ってごまかした小さな映画館もみえた。ひと通りがごくまばらで、飼

犬、野良犬の右往左往するさまが眼につくようであった。

「先生、横浜を知っている？」

「ずっと昔、小学校を出たばかりの頃、小僧奉公に一寸行っていたことがあるね。」

「そう。──横浜はいやな街ね。賑かなところも、郊外もがさがさした感じで。──小田原は本当にのんびりしていていいわ。」

「誰かが、帯のゆるんでいるような町だと云ってたが、のんびりしていることはのんびりしているね。」

花枝は、買いもの客など余りいない、両側の店先へ、折々顔を向けながら歩いていた。

屋根も、ぐるりも、トタン一式で出来上った物置小屋は、入口の戸があけぱなされてあるばかりで、観音びらきもしまっており、別に明り窓のようなものもない筈ながら、畳二枚敷いたあたり、間接照明をあてた如く明るい。屋根や、はめのすき間から日光がさしこんでくるからである。常々、竹七が老眼鏡かけさえすれば、文字が書けるほどで、雨風にしてもまた同様、小屋の中を遠慮なく見舞う道理であった。

竹七は、梯子段を上りきった場所へ下駄をぬぎ、観音びらきを背負う位置へ、体に似ない大胡坐かいた。花枝も、同じ場所へ靴を揃えてぬぎ、トッパーをとり、紺色の女教員でも着るような、何の飾りも変哲もないワンピース姿となり、勝手知った押入れから、小さな包をとり出し、中から柿色表紙の本、グレーの毛糸で編んだチョッキ、包装紙にくるんだケーキの箱、蜜柑を入れた新聞紙の袋等とり出し、一つ一つビール箱の机の上へ並べてみせた。竹七は、贈られた知人の短篇集を、すぐ机の向う側に積み重ねられた本の上へ載せたりした。

「この色どう? 少しお爺さんじみた?」

と、毛糸のチョッキを、花枝はつまみ上げ、多少若やいだような眼色をみせた。

「グレーとは中々しゃれてるね。」

「うまく合うかしら。寸法、知らせてくれッたって、男の先生にははかれやしないでしょう。凡その見当でやったけど。」

「ひとつ着てみよう。」

竹七は、早速上着をぬぎ、三角形にあいているところへ頸をとおし、不器用な手つきで着にかかった。花枝も立ち、寄ってきて、それを手伝ったりした。

「よかったわ。大き過ぎも小さ過ぎもしないわ。」

「ありがとう。やっぱり、毛糸だね。暖かいよ。」

「胴が少しつまり気味だけど、ひっぱらない方がいいわ。——わたしの編み方軟かいの。」

五十面にない、ほくほく顔で、チョッキの上から、胸のあたり撫で廻したりして、ふッとぬぎ捨てた上着の内ポケットから、茶色の封筒ひっぱり出し、

「二つはいっている。チョッキ代みたいなものだね。とっといて——」

と、竹七は、無造作に、花枝の膝へほうり出していた。それを受けとり、中身を改めるようなことはせず、

「二万円はいっているの。」

「ああ。」

「すみません。——お借りしますわ。」

と、真顔になり、花枝はすぐ下げ鞄の中へしまい込む様子であった。

「お借りの何んのと云う。——俺は進呈するだけなんだ。」

と、竹七は、子供ッぽく、口を尖らせたりしてみせた。

「わたし、先生のお蒲団の襟当てしようと思って。」

と、花枝は新しい手拭を二本、白い糸に針まで、包の中からとり出していた。

「ありがたい。じゃ、やって貰うかな。」

と、竹七は、押入から、掛蒲団を狭い場所へ一杯にのべたてた。先達、古綿を打ち直しに出したついで、そこで造らせた半分新調と見做せる木綿蒲団である。

「綿、沢山はいっているわね、これなら暖かでしょう。」

「まあね。蒲団屋から、三枚担いできたが、随分重かった。腰ッ骨がいつまでも痛くて弱ったね。」

と、何気なく云う竹七の口振りに、一寸花枝は痛そうに眼頭伏せ、聽てあかとあぶらで薄黒

くよごれた手拭の襟当て解き始めた。

「これ、先生自分でかけたの。」

「ああ。」

あいの鮮かな手拭ととり換え、花枝は上体を二つに折って、念入りに針を運び出していた。その手つきや、そうする女の、鼻すじ通った細面を、喰い入るように眺めている裡、竹七の眼には涙が知らずにじんでき、なかなか止めがたいようであった。ちらっと、こっちを見上げた花枝に、彼は慌てて視線をそらしたりした。

もう一枚の分もしようとするのを、竹七はたって辞退し、襟当の新しくなった蒲団を、もと通り押入れへ入れた。花枝は、前してあった手拭を、丁寧に四つに畳んで、机のわきに置き、しのこした分の手拭と一緒に、糸や針まで竹七へ、無理遣り受取らせた。今日まで、半生を殆ど独りで暮してきた五十男は、そんなこまごました品物を身辺から欠かした場合があまりないようであった。

「お煙草頂戴。」

と、花枝は横ッ尻となり、持ち前の細い落ちついた声に、多少媚びをつけた。

「ああ。」

竹七は、上着のポケットから「光」を出し、袋にはいった午めし代りの食パンもついでに机の上へ置いた。

花枝は、火をつけ「光」を、紅さすちんまりした形のいい口に啣へ、静かに喫い始めた。人妻らしい女の、そんないずまいをもどかしがる如く、竹七はやおら両腕のばし、相手を横抱きにしようとしていた。

「明るいからいやよ。」

と、最初は拒んだが、花枝も煙草を灰皿代りの茶飲茶碗へさし、二人は抱きあったり、そのまま倒れたりした。はげしい息づかいで、彼は花枝の首のつけ根へまで、その唇を押しあてるようであった。

「よくきてくれたね。」

「わたし、生きている裡はくるわ。」

暫くして、竹七は女を抱き起し、二人の位置は、やや遠ざかった。

彼女に注意され、竹七は腰の手拭外し、頬のあたりへついた紅を拭い始め、花枝も乱れた髪の形をなおし、亡母の形見である古風な円い手鏡のぞいて、はみ出した口紅の手入れにかかったりした。

「あんた、お腹空いてるだろう。——これをおやりよ。」

と、云い、竹七は袋の中の食パン摑み出し、かまわず先に喰いつき始めた。

「その箱の中、ケーキなの。たべて頂戴。」

「いや、これでいい。」

すすめても、花枝は喰いものへ手を出さず、喫いかけた煙草にゆっくり火をつけていた。

「ひと月以上になるかな。」

「この前きた時は、多古のお祭りで、十月の九日だったから。」

「今日は二十三日だね。ふた月近くになる勘定だね。」

「わたし筆不精でしょう。」

「筆不精はお互いさまだね。」

「先生、ずっとお体、何んともなかったの。」

「この月の始め、馬鹿に寒いときがあったね。あの時、風邪ひいたが、三四日したら直っちゃったね。ここにひとりでいるんじゃ、うかうか病気して、寝込むわけにもいかないね。」

看護人はおろか、寝た枕もとへ、かゆひとつ運んでくれてもないような、やもめ暮しの身辺が、今更らしく花枝にうつるかして、彼女はうつむき加減となった。

「ま、病いは気からと云うこともあるんだね。——それにしても、あんた大分瘦せたよ。」

と、彼は、顔を持ち上げた花枝の、こけた頰や、円味のなくなった顎のあたり、まじまじみるふうである。たべるものも、満足にたべてないじゃないか、と怪しむような模様でもあった。

「わたし、そんなに瘦せたかしら。この頃目方はふえたことないけど。——先生も、白くなったようよ。」

「白毛がふえたかね。——秋のせいかな。それとも誰がしたんだね。——ハハハ……」

と、竹七は、気の抜けた空笑いである。花枝からの手紙が切れ間には、彼女とはこれきりになるのではないか、とよく気を廻していた彼であった。が、それを当然と諦める面もあり、目に見えて荒むふうでもなく、競輪場位へ出かけてしのぎをつけ、もともとあまり好きでない酒など不要のようであった。木の葉の赤らむにつれ、行きつけた「抹香町」あたりへ赴く寸法すら、なくなるともなくなくなりかけていた。

「こんなこと云っちゃ、いけないわね。」

と、つり上り気味の細い眼もと解き、花枝は両方の手で、竹七の片手を弄ぶようにしながら、

「先生の手、おとしの割りに若いわ。」

「そうかな。」

「ええ。掌など、ふっくらしていて、軟かくッて。——わたしの手、もうこんなにかさかさしてきたでしょう。」

「それ程でもないさ。」

「冬になるといつもこうなの。」

「これから山へ紅葉を見に行こうか。まだ、中腹から麓あたりは遅くない。」

「バスが大変だわ。わたし、きた時も駅前ごった返していたわ。」

「満員のバスに立ちとおし、揺られながら、山をのぼったり降ったりするんじゃ、あんたの体にはまだいけないかな。」

「わたし、こうしてここにいたいわ。」

「紅葉見物は無理かな。」

「それに一軒廻るところもあるし、あんまりゆっくりもしていられないの。」

「たまに逢ったのに、よそへなんか廻られてたまるものか。」

と云いざま、いきなり竹七は花枝を手もとへ引き寄せ、抱きしめていた。又、暫く二人の唇がもつれ合ったりした。

「ひと晩でも、こうしていられないなんか、はかないなア。」

「ね。離して。――わたし帰るのがいやになってしまうわ。――離して頂戴。」

と、顔中、上気させて身悶えする女を、彼は見境いなし抱き続けたが、それから先の行為は、前々通り、思い止るふうであった。聽て、肩で息しいしい、二人は起き直っていた。山の麓でなら、バスでも体に障りあるまいかと、相談が出来上ったのであった。

「まだついているわ。」

と、竹七が手拭で拭ったあとを、花枝が追っかけ、ハンカチの先でなおし、緑色の櫛を渡して、頭髪梳かせたりした。彼は床屋へ行き、五日とたっていなかったが、顎に無精鬚が大分のびており、そこらあたりすっかりゴマ塩色呈していた。

黒い、たっぷりした、花枝の頭髪の毛はのびッぱなしで、そのウェーヴなど皆無、弾力のないものとなっていた。

これも、手ずからつぎを当てたものと覚しい、コール天のズボンに穿き換えた竹七と、下げ鞄に文庫本一冊入れた包ぶら下げた花枝は、バスを湯本で降り、正面へ紅葉を木の間がくれ点綴する、築山然とした湯坂山が控え、両側に土産もの店、たべもの屋、パチンコ屋等々並ぶ舗装道路を、ゆっくり歩いて行った。ところどころ、店屋の前へ人だかりしており、煙だけしかみえない山火事を見上げていた。

早川に架かる鉄の橋を渡り、たもとの店でジャムパン三個求め、旅館の建てこむ通りを少し行って、八百屋の店先から、林檎二個買い、二つの袋を竹七がかかえたところで、須雲川《すくも》に架かる小さな橋を渡った。消防隊の制服に、ピカピカした鳶口もつ旅館の主人に摺れ違ったりした。須雲川べりの浅い谷間は、一杯日を浴びていて、常緑木の間に光る紅葉、黄葉がひと際鮮かであった。平屋建、二三階建とりどりの旅館の前を過ぎ、しゃれた板塀の庇に苔をみつけたりしながら、二人は川沿い路をどこまでも歩いて行き、ぐらぐら揺れる吊橋を渡り、崖にしがみついたような小さな旅館の前を通り抜け、間もなく杉の立木や芒《すすき》の穂のなびく行きどまりの場所へ来ていた。

川岸へ降り、別々の岩へ腰をおろした。花枝は、岩面の円味を不思議がったりした。竹七は、腰の手拭を川水で洗い終ると、へんな格好して又バンドに挟んだ。

「この谷と湯ケ野と、可也違うかしら。」

「湯ケ野は、川の右手はすぐ切り立っていたが、左手はゆるい斜面で、中腹に家が並んでいたね。ずっと大きな谷間だね。」

「湯ケ野には、あまり紅葉する木、なかったようね。」

「そうだね。ここの方がずっと多いようだ。」

伊豆の山奥の、ひなびた温泉場は、二人に思い出の土地であった。

パンに林檎を、交互に齧《かじ》り出した。

「あの鉄管の樋、何んなの？」

対岸の流れに近いところを、一本温泉をひく管がうねりながら通っていた。

「あの樋で、湯を旅館にひっぱっているんだね。あれが凍ったり、雪をかぶったりすると、温泉がぬるくなってしまうんだね。」

「わかさなければならないわけね。」

喰べ終って、一服している裡、薄い靴下穿く花枝の足先が冷たくなってきた。

二人は、同じ路を引き返し、芒の穂を分けたりして、旅館の前のぐらぐらする吊橋渡り、舗装した道路を行く途中、竹七は右手の急な崖路へと花枝をひき立てた。無理強いに、彼女もさからい切れず、手をたてたようなところを、はうように登り始めた。ふざけ半分、女の腰をうしろから押すようにすると、花枝はいまいましがって、竹七を睨んだりした。

三度ばかり、立ち止り、息をついて、昔の東海道へ出ていた。藁屋根にトタン屋根の平屋建が、殆ど半々という数で両側に並び、軒先につるし柿ぶら下げる家もあったりして、多くは箱根細工を造るなりわいらしい。ところどころに、黒松が聳えていて、バスもハイヤーも通らず、ごくひっそりしただらだらの下り路であった。七十過ぎた老婆が、腰を曲げ「どっこいショ。どっこいショ。」と呟きながら、上ってきたりした。

くだるにつれ、新しい小さな旅館、村の共同浴場がまざり出し、よろけ気味な長屋門もだしぬけに現われたりした。古風な山門をはいり、藁屋根の大きな本堂の、きりばりされた障子の妙に眼をみはったり、はき清められた庭に一本、したたるばかりな楓樹の紅葉眺め、暫く二人佇んでいたりした。

寺を出、ペンキ塗りの小学校前を過ぎると、家並が切れ、もぎ残りの蜜柑が枝にちらほらしている畑など続き、すぐ又植込みの庭を持つ家、雑貨や菓子を並べる店、時代離れした草鞋を幾足かつるす店等が、低い軒先をつらね出し、街筋が尽きると、早川に架けられた、長い銀色に塗った吊橋へ出た。渡って、二人は湯本の電車駅の方へ歩いた。駅のベンチは、かけるところもなく塞がっており、祭日の客は前の道路へまではみ出していた。来合わせた、満員のバスへ、彼等はどうにか割り込み、小田原の町へ着いたところで、ころがり落ちるように車を降りた。かれこれ三ケ月振り、両側にひょろひょろした柳の若木が並ぶ街の中程にある支那料理屋へ、竹七は花枝を連れこんで行った。小春の日がようやく山に入る頃であった。

坐りつけた、二階の通りへ面した四畳半の、三尺の床の間には、白、黄、紫ととりどりの玉菊が生けてあり、まん中にニス塗りの卓袱台が控えていた。

竹七は、座蒲団を二つに折って枕代り、座敷を野ッ原とでも心得たように、大の字となった。

彼の穿くコール天の足袋の穴など一寸気にしながら、トッパーぬいで、花枝は自分もぐったりしている体を、窓際へ当てがい、横ッ尻の姿勢である。寝たまま、竹七が何度すすめても、彼女は横になろうとはしない。

「キッスすると疲れるんだね。」

と、馬鹿なこと云い放つ竹七に答えず、

「あんな崖路登らせたりして、横浜へ帰って寝るようなことになったら、先生のせいよ。」

「や、寝込まれては困るな。」

と、まずい顔で、竹七は起き直り大胡坐となった。先程、その無理を強いた折は、何やら逆目立っていた彼の気持であった。

片眼の年増女が、酢豚のひと皿、ビール二本、卓袱台に置くと、すぐ下って行った。

二人は、かわるがわるコップに液体を満たし、目を併せてから、それを口へ持って行った。

竹七より、花枝の方が、ひと息にあけてしまうようである。

「おいしいわ。――わたし、のどが乾いていたし。」

「あんたは、酒好きなんだよ。」

根が甘党の竹七は、一寸受太刀気味であった。

二本目にかかる時分には、彼の日焼けした渋紙色の顔は、火のようにほてり出し、血色のよくない花枝の頰のあたりも、やや染まり加減である。

「これが、一年振りで逢ったとしたら、どうなのでしょうねえ。」

「さあ、ね。——時々でも、一生逢っていられるといいんだが……」

廻りかけた酔いに、花枝のつり上った眼もとも熔けていた。

「今度はいつ頃都合つく？」

「そうね。クリスマスあたりにこようと思っているわ。」

「クリスマスね。——こっちは、行く行くと云って、一度も横浜へ行かずじまいだったが。——どうにも、あんたのうちの敷居が高いような気がして、ね。それに、あんたが寝ていて、安野君が子供の守なんかしているところへ、出し抜けに行ったら、どんな目にあったか。——ま、遠慮しているに限るね。」

「今はまだ、家の中が落ちつかないの。造作だって、出来上ってはいないでしょう。安野が、勤めるか、商売でも始めるかしたら、先生に一度きて頂きたいわ。」

竹七は、一寸雲を摑むような面持ちであった。何か、胸もとへ、かたまりでもつかえている如く、花枝のさすビールに、さっきから余り手が出ない。割箸折って、彼女は先きへ、青い皿のものを、つまみ始めたが、彼は一向に食欲もないようであった。

「あの額縁ね。猫の仔描いてあるわね。」

と、欄間に飾られた、チャチな三色版を、花枝は見上げた。さそわれて、竹七もその方角へ眼を向けたが、薄い電灯の光では、彼の老眼にものの形がさだかに写らない。

「二匹いるわね。――子供のこと、思い出すわ。」

と、花枝は、かすかな含み笑いである。

「子供のこと？　そんなこと、ちらつかせないで。」

と、竹七は、霞む眼先を刺されでもしたようである。

「フフ、フ。――ここにも、一人大きな坊やがいるじゃないの。」

「坊や？」

「わたし、女の子ばかりだけど、ここに坊やが――」

と、日頃滅多に声を出して笑わないが、珍しく蓮ッ葉な笑い方であった。

コン畜生とばかり、おどけ半分、竹七は両腕のばし、女の上体を抱き寄せ、ガムシャラな振舞いに及んだ。その強暴ぶりに、仕方なく、調子合わせた花枝は、相手の手がふれると一緒に、卓袱台の前へちゃんと坐りなおし、頭髪の乱をなおしながら、細い眼にキッと険をつけ、

「女中さんがくるじゃないの。」

「よばなきゃきやしない。」

「仕様のない人ね。わたしもうこない。――お金返しにくる時でなけりゃこないッ。」

「何に？　返しにくる時でなきゃッ？」

と、竹七は、金切り声発し、襟足あたりの髪の毛いじっている花枝の片腕を、乱暴に払いのけ、

「俺はそんなつもりじゃないんだ。返すの何んのとぬかすなら、さっきの金置いて行けッて云うぞッ。」

と、突ッ放された男の逆上じみた云い方で、鋭く傍の下げ鞄ねめつけたりした。その権幕に、多少ひるむが如く、花枝はうなだれ、声を落し、

「わたし、ハンを持って来ているの。」

「ハンを?」

と、鸚鵡返しにし、竹七の胸板が、今度は凍る思いであった。印形と一緒に、千円札の耳を揃えて、夫安野の前へ出す花枝。妻の貞操を信用出来ず、サーヴィス関係の仕事には間違っても出すまいとある安野が、いかに背に腹は換えられぬと云い条、どんな顔つきして竹七の手許から出たその金を受取るか。

借りる形式にばかり、こだわりたがる彼等の気持は、竹七にも読めこそすれ、それから先の消息になると、彼のような人間の想像に余るようであった。

二つのコップへ、ビールがつがればなしで、暫く座が白けていた。

「わたし、あまりゆっくりしていられないわ。」

「まだ、五時にはなっていないよ。」

「帰りに寄るところもあるし。」

竹七が糺してみると、横浜駅に一つ手前から出るバスも、八時三十分がしまいだ、と駄目をおしたりした。

「悪どめはよすがね。」

と、彼は、憮然として、ビールのこぼれた卓袱台の上へ視線を曲げていた。花枝も浮かぬ顔つきしながら、肉のひときれつまみ、竹七の口先へ持って行った。すると、他愛なくその口があき、のみこんで、抜け残った上下の前歯をもぐもぐ爺むさく始めるのであった。間をみて、都合三度ばかり、花枝はそんな運搬を繰り返していた。

卓袱台の上へ、新しくビールが二本きた。竹七より、倍位のみほし加減な花枝は、聴て所在なげに、両手さしのべ、自分の肩先を揉む、覚束ないしぐさであった。

「のんで、こってくるのは、いけないな。」

と、竹七は、小造りな彼女の体をひっぱり寄せ、その背中へまわり、立て膝となった。

「いいのよ。——大したことないんだから。」

「まあ。」

と、竹七は、節くれだった両手の指を、女の肩へかけ、不器用な仕方で、揉んだり、つまみ上げたりし始めた。

「あんた、痩せたな。」

「そう。」

がかえのない彼女の、肩の肉はそげ、ワンピースの布地透し、彼の指先がじかに骨にまで届くようである。

「本当に痩せたよ。」

「すみません。」

辞退の言葉を、何度か耳にしたところで、竹七は卓袱台の前へ戻り、ビールを一口した。

「あんた、死ぬんじゃないかな。」

と、又、突然、不安なことを云い出していた。妙に、暗示された如く、花枝は充血している竹七の眼の底をのぞきみるようにしながら、

「青酸カリ、簡単に手にはいらないかしら。」

と、そんなに切り出した。ものがもの故、竹七には、何んとも即答むずかしく、必要とする理由始めのみかね、視線のやり場に困っていた。ひと頃の彼であれば、早速そんなもの、二人でのんでのけようなどと、芝居もどきにうわずり出すところであった。

石ころ然と、おし黙っている相手に、間が持てず、

「先生、生きると云うことは大変なものなのねえ――」

と、花枝は、横浜へ移転してこの方の心労を、一度に拡げてみせるような言葉遣いであった。

「うん。生やさしいことじゃない。――頑張るしかないんだ、ね。」

と、竹七、自明の理を口にし、思い入れのていである。うわ水でものむように、花枝はコッ

プを口へもって行き、三分の一ばかりのんで、肩先を少し波立たせたあと、下げ鞄を引き寄せ、中から安野の筆と覚しい三枚ばかりの書簡箋とり出し、竹七にそれと示すでもなく、護符でも改めるようにし、すぐしまいこんだ。

「何んだね。」

「これを持って、駅前の本屋へ寄らなければならないの。商談なの。」

駄々ッ子然と、顔中皺苦茶にして、

「商談？　商談の、青酸カリのッて。――ええッ、そんなところへなんか行かなくっていい。」

「話をきめて帰らなければ、わたし達……」

たべるものも云々とまでは、彼女も口にしにくいようであった。

「ふた月振りで逢ったんだ。すぐ又、小田原に横浜と別れ別れになってしまうんだ。そんなこと忘れて、飲んで。――俺だって、だまってみちゃいないんだ。」

と、一気に云って、花枝のコップへそなえものでもするように、ビールをついだりした。瘦せた細面の顔を、きゅっとしこらせ、花枝はつがれたコップを口もとへ持って行きながら、気色ばんでもきた様子で、

「先生、何か歌って？」

「俺がか。どうも今夜は調子がおかしいね。」

と、竹七は、酔いが廻っていても、胸もとのかたまりが容易にほぐれて行きそうにない塩梅

式である。

彼女は、段々手の裏返したような時めいた眼色をみせ、

「湯ケ野へ行った時、先生何を歌ったかしら。」

と、遠い思いをたぐり寄せるような、頸の曲げ方したりして、

「ゴンドラの唄、やったわね。ゴンドラの唄、やってみましょうよ。」

「ああ、いいね。」

膝頭ずらせ、差し向いの位置に坐り直して、どちらからともなし、四つの手をつなぎ合わせていた。

「命短かし、恋せよ乙女……」

皺枯れたバスと、かすれ気味ながら、二十五と云うとしは争えない艶声が、哀れな合唱であった。

ひとくさり終ったところで、

「ね、今度は、何? 真白き富士の嶺、やらない?」

「ああ、真白き富士の嶺、いいね。じゃ、一、二、三か。」

又二人は、明治時代のカビ臭い流行歌を、ぼそぼそ始めていた。と、第二節の「ボートは沈みぬ。千尋の海原」へかかるところで、突然花枝は竹七の両手をふりほどき、彼の頸目がけて飛びついてき、飽気にとられて歌を中止した五十男の口もとを、自分のいろどった唇で蓋をし

ようとかかったはずみを喰って、竹七は女を抱いたまま、畳の上へだらしなくひっくり返り、彼等は関節鳴らしたりしながら、前後不覚の状態に沈んで行った――。

いっ時たって、花枝が先きに、卓袱台へつかまりながら、身を起した。一本のビールをのみ残した儘、二人は支那料理屋から出て行った。

その脚で、駅前の本屋へ廻り、彼女は竹七を店内の隅に待たせ、安野の手紙持ち出し、主人といろいろ談じたが、期待に反し首尾はあまり香しくないようであった。

本屋を出、竹七は木材のきれはしくべる暖炉据えた喫茶店へ、花枝を連れ込み、あたたまりながら、彼女はコーヒー、彼はしる粉と別々のものをのみ、時間も時間故空いている筈な、小田原始発東京行の電車を待っていた。

そこを出て、近くの雑貨屋から、横浜の場末よりずっと安くて、品物も新しそうな鶏卵その他を買った花枝と竹七が、プラットホームへ行ってみると、発車三分前の湘南電車は、既に三等や二等の座席すら探すに困難であった。

立ちどおしで、国府津まで行き、クリスマス時分の再会約して、二人は別れ、竹七はまっすぐ小屋へ戻ってきた。

月が変ると、花枝は先ず、上の子を秦野の親許に、下の子を託児所へあずけ、安野とは方角の違った新聞広告や「職安」たより、就職に歩き出していた。

――昭和二十八年十二月――

P+D BOOKS ラインアップ

大陸の細道	木山捷平	●世渡り下手な中年作家の満州での苦闘を描く
耳学問・尋三の春	木山捷平	●ユーモアと詩情に満ちた佳品13篇を収録
小説 大逆事件（上）	佐木隆三	●近代日本の暗部を象徴した事件に迫る
小説 大逆事件（下）	佐木隆三	●明治44年1月「大逆罪」の大審院判決が下る
女のいる自画像	川崎長太郎	●私小説作家が語る様々な女たちとの交情
伊豆の街道	川崎長太郎	●五十歳のやもめ作家と人妻との恋情を描く

P+D BOOKS ラインアップ

つぶやき岩の秘密　新田次郎　●山岳小説の大家が描く傑作少年冒険小説

小説 みだれ髪　和田芳恵　●著者の創意によって生まれた歌人の生涯

なぎの葉考・しあわせ　野口冨士男　●一会の女性たちとの再訪の旅に出かけた筆者

暗い夜の私　野口冨士男　●大戦を挟み時代に翻弄された文人たちを描く

貝がらと海の音　庄野潤三　●金婚式間近の老夫婦の穏やかな日々を描く

せきれい　庄野潤三　●〝夫婦の晩年シリーズ〟第三弾作品

P+D BOOKS ラインアップ

（お断り）

本書は1954年に大日本雄弁会講談社より発刊された単行本を底本としております。あきらかに間違いと思われるものについては訂正いたしましたが、基本的には底本にしたがっております。また、一部の固有名詞や難読漢字には編集部で振り仮名を振っています。本文中にはめくら、部落、淫売、乞食、石女、女給、女中、百姓、支那、妾、片目、床屋、片眼、老嬢、芸妓屋、ルンペン、のみ屋、女教員、パンパン、大工などの言葉や人種・身分・職業・身体等に関する表現で、現在からみれば、不当、不適切と思われる箇所がありますが、著者に差別的意図のないこと、時代背景と作品価値とを鑑み、著者が故人でもあるため、原文のままにしております。

差別や侮蔑の助長、温存を意図するものでないことをご理解ください。

川崎 長太郎（かわさき ちょうたろう）
1901（明治34）年11月26日—1985（昭和60）年11月6日、享年83。神奈川県出身。私小説一筋の生涯を貫く。1977年、第25回菊池寛賞を受賞。1981年、第31回芸術選奨文部大臣賞を受賞。代表作に『抹香町』『女のいる自画像』など。

P+D BOOKS とは

P+D BOOKS（ピー プラス ディー ブックス）とは
P+Dとはペーパーバックとデジタルの略称です。
後世に受け継がれるべき名作でありながら、現在入手困難となっている作品を、
B6判ペーパーバック書籍と電子書籍を、同時かつ同価格で発売・発信する、
小学館のまったく新しいスタイルのブックレーベルです。

伊豆の街道

2022年11月15日　初版第1刷発行

著者　川崎長太郎
発行人　飯田昌宏
発行所　株式会社　小学館
〒101-8001
東京都千代田区一ツ橋2-3-1
電話　編集　03-3230-9355
販売　03-5281-3555
印刷所　大日本印刷株式会社
製本所　大日本印刷株式会社
装丁　おおうちおさむ　山田彩純
（ナノナノグラフィックス）

ISBN978-4-09-352451-3

P+D BOOKS